Line
ライン
Chaco

Line
ライン

この作品は実話をもとにしたフィクションであり、人物名などは実在の人物・団体等には一切関係ありません。
本書作品・写真等の無断複写・転載を禁じます。

CONTENTS

第1章　点と点

お祭り男 …………… 08

淡い恋心 …………… 16

炎の灯り …………… 20

思われニキビ ……… 30

もつれた糸 ………… 40

君のとなり ………… 45

雪の魔法 …………… 54

第2章　針と糸

背中 ………………… 64

イメチェン ………… 71

心の距離 …………… 77

波乱 ………………… 82

月夜の視線 ………… 88

告白 ………………… 94

最終章　線の向こう

- 彼氏 …………………… 102
- 初めての時間 ……… 110
- 不満 …………………… 117
- 積み木 ………………… 125
- そばにいたい ……… 131
- 最後の笑顔 ………… 139
- 卒業 …………………… 146

あとがき …………………… 156

第 1 章

点 と 点

お祭り男

　春というにはまだ早い…肌寒い季節に、あたしは彼に恋をしました。

　入学してから４日目、あたしはまだ全員の名前を覚えていない。
　あたし…日向舞(ひなたまい)は中学生になり、現在すごく楽しくない毎日を過ごしている。
　なぜなら、このクラスに６年１組の女子はあたしだけやから。

「宿泊訓練の実行委員、男女１名ずつ。誰か立候補してくれへんかー？」

朝のホームルーム中、担任の戸田が大きな声で叫んでいる。
　舞は、面倒くさそうに目を背け‥顔を伏せた。
　「はいはいはい!!　俺、やりたい!!」
　突然、大きな声で立ち上がり…手を上げる男子。
　「おっ、葉山!!　よぉ言うた!!」
　また‥あの子や。
　やたら入学式ん時から…ウルサイ奴。
　舞は、あきれた顔で彼を眺めていた。
　周りの男子たちは、彼の空気にのまれ…賑やかに騒ぎだす。
「よっしゃ、男子は決定やな。次、女子や。誰かしたい子おらんかー?」
立候補してくれる生徒がいて、うれしかったのだろうか?
担任は、満面の笑みで女子に話しかけた。
普通に考えて、したい子とか‥おらんやろ。
舞は、机にヒジをついた。
生徒たちは、担任の視界に入らぬよう…下を向いて座っている。
…しゃあないなぁ。じゃあ、ポイント絞り出そか」
痺れを切らし、担任はため息をついた。
「…そやなぁ。じゃあ、1小・2小・3小・4小の中で…1小!!　第1小学校の女子、手を上げて!!」

点と点　　9

…えぇ！？　マジで言うてん！？
突然の言葉に、舞は片手からアゴを外した。
そして、恐る恐る手を上げる。
担任の提案に、教室内は賑わっていく。
…舞を含めた3つの手のひらは、目立たぬようにひっそりと上げられていた。
「じゃあ、6年1組やった女子…立って！！」
はぁ！？
舞は、目の前が真っ暗になった。
…面倒くさいことはしたくない主義やのに。
重たい腰をゆっくりと動かし、立ち上がる。
一斉に、周囲の視線が彼女に向けられた。
「お、じゃあ…日向に決定。今日の放課後、ミーティングやから頼んどくぞ！！」
…と、満足気に微笑んでくる担任。
…ついてない。
ほんまについてない。
小学校んときの友達とはクラスがはぐれるし、面倒くさい実行委員までやらされるなんて、ほんまに最悪。
舞は、眉間にシワを寄せて…腰をおろした。

「マジでぇ？　めっちゃ最悪やんっ」
昼休み、舞はそそくさと教室を抜け出し…5組へ向かった。

5組には、小学生時代…仲の良かった岸田純子と熊屋礼がいる。
「他人事やと思って！」
実行委員に任命されたことをゲラゲラと笑う2人に、舞はふてくされた表情を見せた。
「で、友達できたん？」
口を尖らす彼女に、礼は心配そうな声をかけた。
「…2組やったムッちゃんと、一緒に行動してるけど」
舞は、物足りなさそうに呟いた。
「あかんやん、5組ばっか来てたら」
純子は、あきれた顔で苦笑いをする。
「…そんなん」
キーンコーンカーンコーン…
舞の言葉をさえぎるように、チャイムの音が鳴り響く。
「ほら、5時間目始まるで。走って戻りやっ」
そう言って、礼は彼女の背中をポンと叩いた。
「帰りには、迎えに行くから!!」
続けて、手をひらひらと振る純子。
捨てられた子犬のように、舞は寂しそうに振り返りながら…ぽつりぽつりと重たい足を動かした。
…純子らはいいやんか。
あたしだけ、クラス離れてるのに。
舞は、半分スネた気持ちで1組に戻るのだった。

「葉山と一緒の実行委員とか、めっちゃいいやん！」
帰りのホームルーム中、後ろの席の夏子が話しかけてきた。
「葉山？…あぁ、あの子？」
"めっちゃいいやん"と言われても、別にカッコイイわけでもないし。
舞は、賑やかに騒いでいる彼をチラッと横目で見る。
「あぁ見えても、２小では人気あったんやで！　おもろいし、可愛い系やろ」
両腕を机の上に置いて…身を乗り出す彼女は、舞の耳にささやいた。
「‥ふぅーん」
…可愛いって言うか、背が小さいだけやん。
舞は"興味がない"と言わんばかりに…無表情で答えた。

「日向さん行こう！！」
ホームルームが終わると、葉山勇心は真っ先に駆けつけてきた。
…なんで、そんなに張り切ってんよ。
舞は"かったるい実行委員の仕事"を今すぐにでも放棄したい思いで、面倒くさそうに立ち上がる。
「俺なぁ、今日、野球部入ろうと思ってたんやけど…間に合うかなぁ」
独り言のように、隣でぼやく彼。

…ほんまにちっちゃいな、この子。
舞は、彼の姿を無言で見下ろしていた。

「日向さんて、6年のクラスから1人なん？」
張り切ってたわりには、席についてから真面目に話を聞くわけでもなく‥彼は隣のクラスの男子や舞に話しかけてばかり。
「…うん」
気にしていることに触れられ、舞は不機嫌な表情でそっけなく答える。
「いいなぁ、めっちゃラッキーやな!!」
彼は、机にもたれかかり‥舞に笑いかけた。
…はぁ？
何こいつ、おちょくってんの!?
彼の言葉に、舞はムッとした。
「何がラッキーなん？」
そう言って、彼をにらみつける。
「え、知らんやつばっかやと…新しいツレめっちゃ増えるやん。違うクラスの子やと、なかなか接点ないし」
からかってるのか、それとも素で言っているのか？
どちらかはわからないが、その時の彼の言葉は…あまりにもプラス思考すぎて、舞はあぜんとした。
「そっか…」

思わず彼の顔を見つめる。
「んじゃ、まずは握手っ」
無邪気に微笑み、彼は片手を差し出してくる。
「え？」
突然、握手を求められ、舞は意味がわからず戸惑った。
「俺らも友達な！」
そう言って、彼はせかすように片手を揺らした。
「…あぁ、うん」
周りにはいなかったタイプの彼に、調子が狂ってしまう。
舞は、言われるまま片手を重ねた。
「俺、葉山勇心！ イサミって呼んでなっ」
彼はニコッと微笑み、ぎゅっと手を握る。
「イサミ？」
女の子みたいな名前に、舞は興味を示した。
「うん、変わってるやろ」
その時、舞はふと気がついた。
…いつの間にか、彼のペースに流されている。
入学してからの数日間、うちのクラスは勇心を中心に回っていた。
でも、それは彼がただ１人でうるさくしてるからだと思っていた。
でも、そうじゃない。
…彼の持つ空気が、皆を明るくしてるんや。

舞は、夏子の言った言葉の意味を素直に納得することができた。

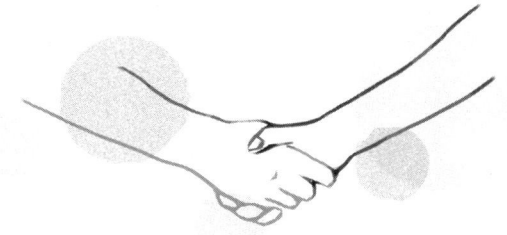

淡い恋心

「6つのグループに分けるんで、くじ引きで決めますっ!!」
それから、毎日は忙しく過ぎていく。
舞は、勇心と実行委員の仕事をしていくうちに、クラスの女子とも仲良くなることができた。
彼の周りでは、常に笑い声が飛び交っている。
そして舞もまた、以前からは考えられないほど積極的な行動を身につけていくのだった。
「じゃあ、俺らが最後やなぁ」
そう言って、空のティッシュの箱に入れたくじを引く彼。
そして、舞もくじを引く。
勇心と一緒のグループやと…楽しいやろな。
舞は、最後に引いた藁半紙のくじに…密かな願いを込めた。

恐る恐るくじを開くと、書いてある文字は"3"。
周りに気づかれないように、何気なく勇心の手の中をのぞく。
目に映った文字は"5"。
心の奥で、がっかりとした気持ちが込み上げてくる。
「んじゃ、班ごとに飯ごう炊さんの役割決めて、今日は終わりな！」
勇心はくじをひらひらと振りながら、クラスメート全員に大きな声で話しかけた。
舞は、寂しい気持ちで自分の班に向かおうとした。
すると、背後から勇心が声をかけてくる。
「一緒ちゃうかったな！」
特に深い意味があるわけでもないが、彼の言葉で妙なうれしさが込み上げてくる。
「…うん」

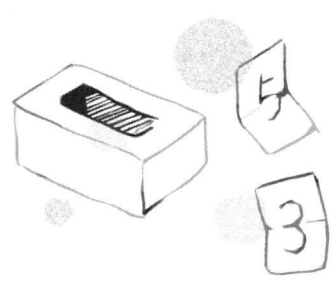

舞は、彼に話しかけられたことがうれしかった。

「最近、５組にけぇへんなったやん。友達できた？」
下校途中、純子が優しく微笑みかけてくる。
「うん！　結構、皆と仲良くなったよ」
舞は、満面の笑みでうなずいた。
「でも、最近、実行委員の仕事で残ってばかりなんやろ？しんどない？」
久々に何もない日を迎え、舞は純子と一緒に帰ることができた。
彼女は、面倒くさがり屋の舞を心配をする。
「ううん。まぁ…楽しいし」
純子に指摘され、改めて気づく…面倒くさがり屋だった自分。
ここ最近、舞は勇心と一緒に仕事をすることが楽しくてたまらなかった。
密かに隠していた…胸の奥の１つの気持ちを、純子に話そうか話すまいか迷いだす。
「何よ？　もじもじして…気持ち悪い」
少し頬(ほほ)を赤らめ…照れる彼女に、純子は眉をひそめ問いかけた。
「え？…へへっ」
口をフニフニと動かす舞。

「何よぉ？　マジで気持ち悪いって」
今までに見たことのない態度に、純子は戸惑った。
すると舞は、純子の耳元に手を添え…小さな声で打ち明ける。
「…マジで？」
耳に入った言葉に、純子は口をポカンと開けた。
「マジです」
舞は、恥ずかしそうに目を伏せる。
「え、でも…背ぇ小さくない？…あの子やろ？　実行委員で一緒の子じゃないん？」
身長に不釣り合いを感じ、純子は何か言いたげな顔をする。
「背とか関係ないよ」
少し自分でも思っていた問題を突かれ、舞は声を上ずらせた。
「そっかぁ、好きな子かぁ」
純子は、にんまりと頬の力を緩めた。
「誰かに言うたり広めんのなしやで！！」
「はいはい」
いつの間にか胸の中で生まれていたもの、それは勇心への恋する気持ち。
舞は、彼を好きになっていたのだった。

炎 の 灯 り

―宿泊訓練、当日。
２泊３日の合宿で親睦(しんぼく)を深めようと開催される、初めての学年イベント。
誰もが緊張と期待を合わせ持ち、舞たちのクラス…１組のバスの中は騒がしく賑やかだった。
そして、その輪の中心にいるのは…やっぱり勇心。
小さな体でちょこまか動く…クラスのムードメーカー的存在の彼に、クラス全体が明るさを求めている。
「菓子食う？」
舞は、実行委員という役のおかげで、勇心と一緒にペアを組むことが多かった。
「うん、食べる」

バスの座席さえも、特等席をつかむことができた。
「このお菓子な、めっちゃ好きやねん‼」
勇心の差し出したスナック菓子に手を伸ばし、舞の気持ちは高ぶってゆく。
「俺も、これめっちゃ好きっ」
これといってカッコイイわけでもない彼を、いつの間にか好きになってしまった。
舞は、この宿泊訓練が終わらなければいいのにと強く願っていた。

合宿所に着くなり、目まぐるしく始まる作業の数々。
グループに分かれるときは、勇心とも離れ離れ。
飯ごう炊さんや山登りの時間になれば、舞は5班の方をチラチラと気にして視線を送るのだった。
他の女の子たちと賑やかに騒ぐ勇心の姿を見るたびに、舞の中でイライラした感情が込み上げてくる。
「どうしたん？　舞ちぃ」
「…えっ？」
そばに行きたいのに。
…話したいのに。
モヤモヤした気持ちが、舞の顔を暗くしていた。
そんな舞を気遣い、夏子が声をかけてくる。
「…何でもないよ」

すっかり落ち込んでしまった舞は、ため息をつきながら答えた。
「勇心か？」
舞の態度にピンと来た様子で、夏子は口を開いた。
「…！？」
核心を突かれ、舞は驚く。
「クラスの何人かは、舞ちぃが勇心のこと好きなん噂してるし」
「嘘っ！？」
シレッと呟く彼女に、舞は"ヤバイ"というかのように、頬に両手を当てた。
「やっぱり好きなんやぁ？」
夏子は、ニヤニヤと顔をのぞき込んでくる。
頬は一瞬で真っ赤に染まる。
「協力したろか？」
にんまりと微笑み、耳元でささやく夏子。
「いやいや、いいよいいよ!!」
焦った様子で、舞は両手を素早く振った。
「何言うてん、協力したるって！ 素直に打ち明けてや」
自信満々に、夏子は微笑んでくる。
戸惑いつつも、舞は彼女の案に乗った。
「今日の晩な、一緒に男子の部屋行こうよ！…実はな、あたしも…好きな子おんねん。勇心と仲良い子やしさぁ！」

"夏子の好きな子"
…舞は、なんとなく気づいていた。
夏子は、クラスでも男子と仲良く接するタイプで、結構人気がある女の子。
特に、同じクラスの田中準平とは…毎休憩時間ジャレ合っている。
「…田中?」
舞は、小さな声で問いかけた。
彼女は、少し照れた表情で、こくりとうなずいた。
「…え、でも男子の部屋はやばくない?」
「いけるって! あいつらも"おいで"って言うてるし」
…そんな問題かな?
先生にばれたら…。
頭の中で、不安が募っていく。
でも、断りづらい。
結局…夏子の勢いに負けて、舞は勇心たちの部屋に押しかけることになってしまった。

「じゃあ、後で行くからっ」
入浴時間を終え…フロアで男子とすれ違うとき、夏子は田中たちと一言交わしていた。
勢いに流されたまま、舞も布団を敷き終わると…彼女の後をそろそろとついて歩く。

「なんか緊張するなぁ」
「なっちゃんは、田中らと仲良いからいいやん」
"男子の部屋に行く"
それは…物凄くドキドキする行為であり、少し恥ずかしいことでもあった。
「舞ちぃかって、かなり勇心と話してるやん」
互いに冷やかし合い、勇気づける２人。
「おっ！　来た来た！　今からＵＮＯすんねんけど、やるやろ？」
男子の部屋に到着すると、カードを手にした田中が呼びかけてくる。
舞は、それとなく勇心の姿を探した。
…おった！！
彼は、部屋の奥に座り…タオルで髪の毛をふいていた。
皆で楽しくゲームをしていると、勇心はいつの間にか周囲の盛り上げ役になっている。
夏子の上手い手回しにより、舞は勇心の隣に座ることができた。
何かと無邪気な顔で笑いかけてくる彼に、舞はドキドキし始める。

「そろそろ就寝時間やな？　先生にバレる前に帰らな。行こ、舞ちぃ」

部屋の壁にかかっている時計を見上げ、夏子が声をかけてくる。
舞はうなずき、部屋を立ち去ろうとした。
「ちょい待て、お前ら！　なんで、こんなとこにおるんや！？」
突然、背後から怒鳴り声が飛んでくる。
ビクッと、反り返る背筋。
2人は、足を止め…恐る恐る振り返った。
「どういうことや？」
そこに立っていたのは"恐い"と有名な4組の担任、中山だった。
2人の顔は、みるみる青ざめていく。

その後、2人は中山と担任の戸田にこっぴどく叱られた。
自分たちの部屋に戻ると、先生たちに叱られたことをおかしく笑い…明るく迎える女子もいれば、男子たちに会いに行ったことに対し、批判の目で見る女子もいた。
「…実行委員のくせに」
背後から聞こえた、数人の小声。
「気にしぃなよ、塚本さんも勇心が好きらしいから妬んでんやろ」
肩を落とす彼女を、夏子は明るく励ました。
「負けられへんな！」
彼女は、舞に力強く声をかけた。

「大丈夫やった？　昨日」
次の日の夜、キャンプファイヤーの炎を前に…勇心が話しかけてくる。
「…めっちゃ怒られた」
舞は、眉を下げて苦笑いをした。
「マジで？」
"あちゃあ"といった顔で微笑む彼。
舞は"実行委員"という役のおかげで、彼のそばにいられることをうれしく感じた。
ふと視線を感じ…目を向けると、塚本さんたちがきつくにらんでいる。
彼女たちの視線を気にして、舞は勇心から少し離れた。
「めっちゃ綺麗っ!!」
突然大きな声をあげ、勇心は空を指差す。
声につられて、舞は上を見た。
プラネタリウムにいるかのような満天の星空。
大阪では見ることのできない小さな星まで…細かく描いた夜空に、2人は声を失っていく。
「…ほんまやぁ」
今まで見たことのない光景に、舞は感動した。
「来て良かったなぁ」
彼は、顔をクシャッと崩し…微笑みかけてくる。
舞は、胸がキュンと苦しくなった。

…やっぱ好きやぁ。

目の前で激しく燃え上がる炎に、彼の横顔は赤く照らされている。

舞は、熱い思いで息苦しくなるほど、彼を見つめていた。

あっという間に、宿泊訓練は終わりを迎えた。
生徒たちは、疲れた表情でバスに乗っている。
「勇心はぁ？」
静まり返った空気に耐えられない、一部の男子が彼の空気を求めだす。
「…寝てる」
隣で眠る彼を起こさないように、舞は小声で答えた。
「なんなよ、おもんなぁ」
がっかりした表情でため息をつき、彼らは眠りに落ちていく。
舞は、そっと上着を脱いで…勇心の体にかけた。
大胆なその行動を、とろうか…どうしようか迷った結果、思い切って勇気を出した。

いつの間にか眠っていた舞は、バスの揺れで目を覚ました。
そして、勇心の肩に頭をのせている事に気づく。
「ごめっ…」
舞は、飛び起きて彼に謝った。
「…ううん」
勇心はふぃっと、目を背け、体を覆(おお)う上着に手を伸ばす。
「…ありがと」
小声で呟く彼の耳は、サルのように真っ赤に染まっていく。
自分の行動を恥ずかしく思い、舞はうつむきながら上着を

手に取った。
クラス全員が眠りにつき…静かに揺れるバスの中で、2人はまともな会話など全くできなかった。

宿泊訓練が終わり、2人は実行委員という役目から離れた。
相変わらずクラスの中心的存在の勇心は、次第に女子の人気を集めるようになった。
最初はおとなしかった塚本さんも勇心と仲良くなり、舞の中で焦る気持ちが生まれだす。
接点を失い、舞は彼と話すことが少なくなってしまった。
勇気を出して話しかけようと思っても、塚本さんたちの目に腰が引けて…積極的になれない。
一方…夏子は、宿泊訓練のキャンプファイヤーの夜をきっかけに、田中と付き合うことになったらしい。
先に恋を成就させた彼女が…羨ましくてたまらない。
「大丈夫やって！　あたしがついてるから、勇気出して話しかけいって！！」
消極的な舞は、夏子の励ましを受けるたび…塚本さんたちのことを気にして動けずにいた。

思 わ れ ニ キ ビ

「最近、２年の男子…やたら見てけぇへん？」
体育の授業中、夏子がそっとささやいてくる。
「え？」
舞は、何のことか理解できず首をかしげた。
「…音楽室見てみ」
夏子は、真っ直ぐ前を向きながら答えた。
言われるまま振り返り、舞は校舎を見上げる。
…２年の男子が、音楽室からこちらを見下ろしていた。
「ほんまや」
舞は、スグに目を背け…前を向いた。
「あれ、多分…舞狙いやで」
「なんでっ？」

夏子の発言に驚き、舞は声をあらげた。
「気づいてなかったん？　最近、あの人ら廊下とかですれ違うたびに騒いでんで。"舞ちゃん"とか言うてるのん聞こえたこともあるし…」
長い髪の毛を暑苦しそうにゴムで束ねながら、夏子はニヤニヤと微笑んだ。
舞は、信じられない気持ちで軽く笑い飛ばす。
「まぁ見ててみ、多分やけどな」
夏子は、得意げな笑みを浮かべる。
…まさかっ。
再度、音楽室に目を向ける。
その後も、舞は彼らの視線を感じながら…授業を受けたのだった。

「…ほら来た。こんなとこ、２年が歩くこと自体…おかしいやろ」
移動教室からの帰り、廊下で夏子が呟く。
前を見ると、数人の男子が向こうから歩いてくる。
…確かに彼女の言う通り、この場所は１年しか使わない廊下。
だんだんと近づくにつれ、舞は恥ずかしくなり顔を伏せた。
少しばかり、歩く速度も早くなる。
チラッと見上げれば、向かってくる２年生は少々チンピラ

チックな恐い系。

すれ違うまで、舞は下を向いていた。

「"舞"って子…あの子やろ？」

すれ違った後、背後から聞こえた声。

「…ビンゴ」

"ほらな"と言わんばかりに、夏子が横目でサインを送ってくる。

"恥ずかしい"と"困る"の両方の感情が、舞の顔を赤くしていく。

「モテ時期到来っ」

夏子は、照れる彼女を面白がり冷やかし続けた。

…日がたつにつれ、彼らは舞の視界に多く入るようになっていた。
クラスの周りをうろちょろとうろつくことも多くなり、目が合うと手を振られることも増えている。
「日向ぁ！　２年の人らが呼んでるでぇ」
ある日の放課後、クラスの友達と雑誌を見ていると勇心が近づいてきた。
勇心の指さす方向を振り向くと、例の２年生たちがドアぎわで立っている。
「呼んでる」
勇心は、再度声をかけてくる。
「…なっちゃんっ！」
"助けて"というかのように、夏子を見る。
「とりあえず行っちょいでよ」
「えぇっ、１人で!?」
常に冷静な夏子に、舞はソワソワと戸惑ってばかり。
「何？　どないしたん？」
彼女の反応を見て、勇心は興味あり気に問いかけた。
すると、夏子はアワアワと焦る舞の背中をポンポンと軽く叩いた。
そして、耳元で囁く。
「レイプされそうになったら、勇心が助けてくれるさ」

ニヤニヤと笑いながら、軽く背中を押してくる。
「…なっ!!?」
舞は、真っ赤に顔を染めて‥重い足を前に進めた。

「付き合ったってよ!!　こいつ、日向さんのこと好きなんやし」
人通りの少ない渡り廊下で、舞は背の高い2年生に囲まれていた。
「…俺、奥田泰介っていうねんけど。付き合ってほしいねんやんか」
友達にせかされ…後から気持ちを口にする彼は、アゴからヒゲを生やし眉が細く短い男の子。
…舞の手のひらに、じんわりと汗がにじんでいく。
「…好きな人おるんで」
「付き合ってもないのに断るんかよ!?」
思い切って断ろうとしたとき、彼の隣にいる柄の悪い男子が怒鳴り出した。
「いや、あの…」
舞は、困り果て‥黙り込んでしまった。
「1週間とりあえず付き合ってみて、それから決めたってや」
もう1人の男子が、冷静にささやく。
「…俺、頑張るしっ!!」
奥田は、両手を合わせ頭を下げた。

断るの‥普通に恐い。
異様に感じる彼らのオーラに、舞はうなずくことしかできない。
「まぁ、１週間付き合ってから断ればいいやん」
教室に戻ると、楽観的な夏子は笑いながら答えた。
「断ればって、断るとき恐いし…」
「いけるって！"好きな子おる"って言うてんやから、理解してくれるって。１週間なんかスグやん」
夏子はニッコリと微笑んだ。

―ところが、実際はそんな簡単なものではなかった。
「…また来てる」
休憩時間になれば、彼ら軍団は席から見える廊下をうろついている。
そして、目が合えば呼びかけてくるといった毎日。
恐い相手なだけに、舞は顔をひきつらせ…呼ばれるまま。
「…今日、カラオケ行かへん？」
「え…、あ…はい」
照れながら誘う奥田の後ろで、ギンギンにオーラを放ってくる軍団。
舞は、断ることもできず…コクリとうなずいてしまった。
「なっちゃーんっ！」
今にも泣きだしそうな顔で走り寄る舞に、夏子はため息を

つく。
「"用事があるんです"って、言えば良かったのに…」
あきれ果てた彼女は、どうしようかと悩みだした。
「もう嫌やぁ…」
舞は、涙を浮かべ…机に顔を伏せた。

「どないしたん？」
掃除の時間、勇心が落ち込む舞に近づいてきた。
彼に打ち明けようかと考えたが…好きな相手に言える話でもなく、舞は首を横に振る。
放課後を迎え、舞は重苦しい気持ちのまま…鞄(かばん)を手にした。
「舞ちぃ！　今な、勇心が言いに行ってくれたで！」
「え？」
うれしそうに駆け寄る夏子に、舞は意味がわからず…口をポカンと開けた。

「はぁ！？」
「いや、腹痛くして…具合悪いみたいなんで」
夏子から事情を聞き…急いで２階に向かうと、勇心の声が聞こえてきた。
階段で姿を隠し、聞き耳を立てる舞と夏子。
「だからって、なんでお前が言いにくんねん！？」
「…クラスメートですから」

感情的に言葉を吐く軍団に、勇心は毅然(きぜん)とした態度で答える。
"日向の様子が変"だと夏子に理由を尋ねてきた彼は、事情を聞いて…すぐさま"言いに行ったる"と走りだしたらしい。
それを耳にし、舞は無我夢中で駆けつけた。
「お前、なんも関係ないやんけ!?」
突然、軍団の1人が感情的になり…彼の胸ぐらをつかみだした。
…ヤバッ!!
舞は思わず立ち上がり、その場に飛び出そうとした。
「クラスメートですから」
…一瞬で凍りついた空気。
勇心は、挑発的にアゴを突き出して言い返す。
「なんやと!?　お前っ」
胸ぐらをつかんでいた男子が大きな声を上げた。
その時…
「いいから!!」
奥田が止めに入った。
…首元をつかむ手の力が、次第に抜けていく。
「…じゃあ、あの子に言うといて。"早く元気になってな"って」
奥田は、少し寂しげな表情を浮かべ…小さく呟いた。

舞は、胸が苦しくなった。
…あたしがちゃんと断っとけば、こんなことならんかったのに。
震える舞の肩を、そっと支える夏子。
「いけたで！」
先に教室に戻ると、後から勇心が無邪気に駆け寄ってくる。
さっきまでの冷血な表情など…全く見せない彼に、再度、胸が苦しくなる。
「…ありがとう」
舞は、勇心の顔を見ることができず…礼を言った。

たわいない会話を楽しみながら、純子と歩く帰り道。
「…なぁ、ちょっと怖いんやけど」
会話が途切れ、純子は真っ直ぐ前を向きながら…小さく呟

いた。
「…うん、ごめん」
舞は、すまなさそうに謝った。
「…ちゃんと言うてきたら？　待っといたるからさ」
純子は、ひきつった顔で足を止めた。
思い切って、後ろを振り返る。
…そこには、チャリンコを押しながら後をついてくる奥田と軍団の皆さんの姿。
「…はぁ、なんか疲れた」
深くため息をついて、彼らの方へ歩いていく。
「…あの、帰ってください」
彼らの視線を恐ろしく感じながら、舞は目を伏せて声を振り絞る。
「…どないしたん？　友達に何か言われたん？　何で泣いてるん？」
奥田は、心配そうに顔をのぞき込んだ。
…お前やよ、お前っ。
舞は、理解してくれない彼らに疲れていた。
…こんな思いも、やっと明日で終わりや。
ずっと、この1週間を指折り数えてきた。
…やっと解放される。
舞は、帰っていく彼らの背を眺めながら…ホッと胸をなで下ろした。

もつれた糸

「勇心ぃ!!　クラブ行けへんのぉ?」
…長い1週間は過ぎ、最終日。
今日は、奥田に告白の返事をする日。
答えなんか決まってる、絶対無理。
「あー、行く行く。ちょっと今日遅れるから、先輩らに上手いこと言うといてやぁ」
だって、あたしが好きなんは…。
野球部員たちに手を振る勇心の横顔を、舞は静かに眺めていた。
「…で、もうすぐやろ?　俺ら隠れて見守ってるし、何かされそうになったらスグ駆けつけたるからな」
教室の隅っこで、真剣な表情の舞と夏子。

そして、勇心と田中。
カラオケの件以来、勇心は何かと気にかけてくれていた。
そして、夏子の話を聞いて田中まで心配してくれている。
「来たっ‼」
教室のドア際で、夏子が3人に合図する。
「…じゃあ、行ってくるわ」
舞は、恐る恐る立ち上がった。
「俺らついてるから!」
勇心と田中は、にんまりと微笑んで見送ってくれた。
…ちっちゃい体のくせに、彼の言葉は妙に心強く…安心感を与えてくれる。
舞は、少しうれしくなり…口元を緩ませた。

「はぁ? お前、まともにこの1週間付き合ってないやんけ‼」
…案の定、断りの返事を出すと…勢いよく怒鳴り声が返ってきた。
「最初に言った通り、好きな人がおるんで」
近くで、勇心たちが見守ってくれている。
そう思うと、なぜか強く言い切れた。
「誰なよ⁉ そいつ出せや」
「…その人には関係ないんで」
怒鳴り続ける男子にオドオドしながらも、舞は一生懸命、

声を出した。
「…その人には片思いなん？」
奥田が、すかさず問いかけてくる。
…やばい。
"片思いです"とか言うたら、また変に期待されるかも。
どうしたらいいのかわからず、舞は黙り込んでしまった。
「この子と舞は付き合ってるんです！！」
モジモジとうつむく舞の背後から、突然、夏子の声が聞こえた。
驚いて振り返ると、そこには凛とした表情の夏子と…驚きを隠せずアワアワとした表情の勇心が立っていた。
「アイツ？」
奥田は、勇心の姿を指さした。
舞は戸惑いながらも、顔を縦に激しく振った。
「えっ！？」
突然、彼氏にされて、勇心は混乱する。
「…この前から付き合いだしたんで、ごめんなさい」
舞は、彼らに頭を下げた。
「ふざけんなや！！　この前"クラスメート、クラスメート"って言うとったやんけ！？」
ブチ切れた軍団の１人は、勢いよく勇心に向かって歩きだした。
「ごめんなさい！！」

どうしたらいいのかわからず、舞は必死に謝り続けた。
「…もういいよ」
奥田が、ポツリと呟いた。
舞は、チラッと彼の顔を見上げる。
彼は、苦笑いを浮かべていた。
「…もう、しんどいわ。ごめんな」
そう言って、走っていく。
「いいんか!?　好きなんやろ?」
「いいねんて!!…こんな形で付き合えても、うれしないし」
軍団もまた慌てて彼を追いかけていく。
…嵐が去った後のように、舞はその場に座り込んだ。
「ちょっ、お前!　そんな設定とかなかったやんけ」
「しゃあないやん、あんな展開になったんやもん」
「まぁまぁ」
そばでは、夏子に反論する勇心と…それをなだめる田中。
「…帰ろ」
フニャッとその場に座り込んでいた舞に、夏子が手を差し伸べる。
舞は小さくため息をつき、その手を取った。

―その日から、奥田たちは何か言ってくることもなく…舞たちのクラスに現れることもなくなった。
「そういえば、日向って好きな人おるんやろ?」

あれ以来、勇心とは実行委員をしていたときみたいに話せるようになった。
「えっ…」
休憩時間、突然問いかけてくる勇心。
舞は言葉を詰まらせ、困り果てる。
「誰よ？　俺の知ってる奴？」
クシャッと笑顔を見せて、問いかけてくる彼。
"勇心やで"
…なんて、言えるわけないっ。
舞は再び言葉を詰まらせた。
「なぁなぁ、教えてやぁ。隠されたら気になるやん」
「…いつか教えたる」
舞は、前のイスに座る彼に…ボソッとささやいた。
「うわぁ、気になるわぁ」
つまらなさそうに両手を頭の後ろで組んで、彼はトボトボと去っていく。
…今は言う勇気なんかないけど、きっと言うから。
彼の背中を眺め、舞は口元に力を込めた。

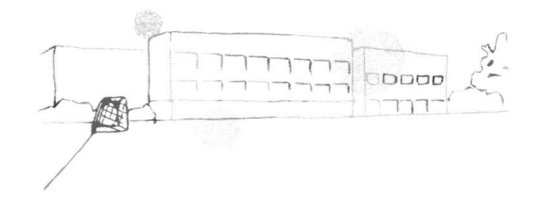

君のとなり

「はぁー？」
長い夏休みを終えて、久しぶりに純子と登校する朝。
これまで何の前フリもなかった…突然の話題に、舞は大声をあげた。
「夏休み…結構遊んだりしてたねん」
少し頬を赤らめて、純子はうれしそうに微笑んだ。
「マジでぇ？　はぁ…もう、なんか取り残されてく感じ」
「そんなんは、競争するもんちゃうって」
小学生時代からの親友に彼氏ができるというのは、結構ショックなもので。
ドンドン先を進んでいく周りに、舞は焦る気持ちを持っていた。

「まぁ、礼ちゃんは好きな子もおらんっぽいし」
「え？　あの子、とっくに３組の徳川と付き合ってるで」
仲間を探し…自分を落ち着かせようとする舞に、純子は衝撃的な一言を放った。
舞は、知らされてなかった事実に凍りつく。

「あっ、舞ちぃ！」
教室に一歩足を踏み入れると、日焼けした顔がズラリと並んでいる。
舞の姿に気がついた夏子は、田中の席から声をかけてきた。
「はぁあ、皆ラブラブになってくし」
「舞ちぃかって、一応付き合ったりとかはあったんやし…まぁいいやん」
落ち込む舞をからかうかのように、夏子は悪夢を口にし追い討ちをかけた。
舞の顔は、一瞬にして暗くなっていく。
「冗談やってっ！　まぁ、夏休みに練習とか見に行ったんやから…いいやん」
夏子はクスクスと笑いながら、舞を励ました。
休みの間、夏子はサッカー部の田中を応援しに…学校へ通った。
舞もそれに何度かついていき、野球部の練習をコソコソと見に行ったのだった。

改めて、進歩のない自分の恋にため息が出る。
「おはよー!!」
夏バテでだらけた雰囲気が漂う教室に、力を注ぐような声が響きわたる。
舞は、その声にいち早く反応し…振り返った。
…勇心。
ほんのり日焼けした彼の姿を目にし、胸が熱くなる。
「ちょぉ、誰か宿題写させてやぁ!!」
「いきなり、それかよぉ」
クラスメートたちは、一変して明るくなっていく。
久々に見る彼の姿を、舞は愛おしそうに見つめ続けていた。

「じゃあ"文化祭の実行委員"男女1名ずつ…って、言う前から手を挙げるなよ、葉山」
2学期が始まると、校内はもう文化祭の話で持ちきりになっている。
宿泊訓練以来…派手なイベントがなかっただけに、勇心は「待ってました」と言わんばかりにピンと片手を挙げていた。
「俺、やりますっ!!」
ムードメーカーの彼に、反対の意見を出す人はいなかった。
「じゃあ、葉山で決まりやな。次、女子はぁ…」
黒板に勇心の名を書き込み、担任は話を進めようとした。
「はい!」

すると、1人の女子が大きな声で手を挙げた。
一瞬にして、生徒たちはザワザワと騒ぎ始める。
「塚本さん、勇心目当てなん…バレバレやん。舞も挙げりや、手っ！」
積極的な彼女を見て、夏子は舞の背中を突っつく。
結局、舞はタイミングをつかめず…手を挙げることができなかった。
そして、文化祭実行委員は…勇心と塚本陽子に決定した。

「キャハハハッ！！」
「なんなよぉー？」
ここ数日…文化祭の準備に取り組む教室内では、塚本さんと勇心のツーショットが目立っている。
「めっちゃアホやぁん！！」
彼女は、最近髪型を変えて…妙に可愛くなった。
「じゃあ、これはぁ？」
誰にでも同じ対応の彼。
特に変化はないのだが、彼女といるときの姿が、妙に楽しそうに見えてしまう。
2人の姿を目にするたび、舞は落ち込んでいた。
「ほら、話しかけに行かなぁ！」
夏子は、ウジウジした背中を軽く押す。
「何話したらいいんか‥わからんし」

スネた子供のように、舞は作業に戻る。
「キャハハハッ!!　そればっかやん!!」
頭の上から大きな石を落とされたかのように、彼女の声が耳にこびりつく。
舞は、チラッと勇心に目を向けた。
…なによ、あの子にばっか話しかけて。
だんだんと、寂しさは怒りに変わり始める。
舞は歯を食いしばり、黙々と作業を続けた。

―文化祭当日。
作業は順調に進み、無事に当日を迎えることができた。
クラスでは、１つの噂が広がっている。
「勇心と塚本さん、お似合いやなぁ」
実行委員として働く２人を眺め、夏子は白々しく呟いた。
「…なっちゃんまで言わんといてよ」
背の低い彼と同じ背丈の塚本さんは、誰が見てもお似合いのカップル。
"付き合っているのかな？"と、感じてしまうほど。
「…はぁあ」
…見たくない。舞は２人から目を背けた。
「このままじゃ、取られんで？　もうちょっと頑張りやぁ。…ほら、見てみ」
そう言って、夏子は彼女の両肩を動かし…視線を戻させる。
…息がぴったり合った２人の働きぶりが、胸を締めつける。
「まんざらでもなさそうな‥勇心」
冷静なコメントをささやく夏子。
「もぉ!!　なっちゃんはどっちの味方なん!?」
イライラが爆発し、舞は夏子に八つ当たりをする。
「だから"負けずに行け"って言うてんの！」
夏子は、あきれた表情で、ため息をついていた。

結局‥夏子の忠告を上手く飲み込むこともできず、何もし

ないまま文化祭は終わった。
その後すぐに行われる体育祭でも、勇心との接点はとれなかった。
「チョコレート、皆で一緒に作れへん？」
3学期に入った頃には、夏子は舞を通じて純子や礼と仲良くなっていた。
「いいなぁ！　あたしんち、使えるでぇ」
夏子が出す提案に、礼はうれしそうに飛びついた。
「…彼氏持ちは楽しそうやなぁ」
昼休み、4人は廊下で立ち話をしていた。
だが、舞はつまらなさそうに口を尖らす。
「スネてらんと、あんたもバレンタインで両思いになったらいいやん！」
クスクスと笑いながら、純子は舞の両頬を軽くつねる。
"バレンタインで両思い"
…ってことは、告白するってこと？
「ムリムリムリッ！」
舞は慌てて、顔を何度も横に振った。
「なんでぇ？」
積極的な夏子は不服そうに問いかけた。
「だって‥塚本さんが…」
勇心と塚本さんは、周囲から"両思い"と冷やかされる仲。
「でも、付き合ってないんやろ？」

「うん。"噂が大きくなってるだけやで"って、田中が言うてた」
「じゃあ、気にすることないやん！　頑張りやっ！」
礼と夏子と純子は、3人で話を進めて…結論だけを舞に振った。
「…無理やよ」
舞は、顔を伏せた。
「おー？　2人で何話してんやぁ？」
放課後‥仲良く話す勇心と塚本さんを見て、クラスの男子がいつものように冷やかしている。
「何もないってっ」
勇心は、顔を赤らめて否定する。
「もー、普通に話してるだけやん！」
塚本さんも、照れながら一緒に否定する。
だが、否定するわりには…うれしそうな表情を見せていた。
少し離れた場所で、舞は黙ってその光景を眺めていた。
…勇心。
…本当はどうなん？
塚本さんのこと‥好きなん？
なんで、そんな真っ赤なん？
もどかしい思いに悩まされ、その日の夜…舞はバレンタインに告白することを決意した。
…どうせダメなんやったら、振られてあきらめたい。

何も言わんと…失恋するんは、悲しいから。

雪 の 魔 法

「できてんでっ」
冷蔵庫の中をのぞき、夏子が3人に声をかける。
「うん。可愛い可愛い」
一面に広がる小さなハート形のチョコを見つめ、純子は満足そうにうなずいた。
「かなりイケてる!!」
失敗を繰り返しながらも‥4時間かけて作ったチョコが、愛しく思えてくる。
礼は、満足げに微笑んだ。
「でもコレ…いかにも"一緒に作りました"じゃない?」
水をさすかのように、ポツリと呟く舞。
「…確かに」

彼女の言葉に、3人は一瞬にして凍りつく。
「まぁ…渡す相手はバラバラやし、バレへんよ。メッセージカードもつけるんやから！」
苦笑いをしながら、夏子は明るく振る舞った。
そして4人は、前日買ったメッセージカードを一斉に広げた。
3人は口元を緩ませながら、それに気持ちを記しだす。
舞は、何て書けばいいのかわからず…数十分間、悩み続けた。
結局…記したのは、当たり障(さわ)りのない言葉。
「"食べてください。日向舞"。…え？　これだけ？　"好きです"は？」
舞のカードをのぞき込み、純子は不満気に問いかけた。
「くっ…口で言うねん」
舞は赤面し、声を上ずらせた。
「ひるむなよぉ？」
ペンを振りながら、夏子はニヤニヤとのぞき込んでくる。
「"言う"って決めたんやもん。…ちゃんと言うよ」
図星を突かれた舞は、焦りながらも真剣な顔を見せた。
ほんまは…まだ迷ってる。
"振られたらどうしよう"とか、考えてしまうし。
うれしそうにラッピングをする3人の後ろで、舞は密(ひそ)かにため息をついた。

「陽ちゃん、プレゼントも用意したん？」
バレンタインデー当日、クラスの女子たちは教室の後ろで騒いでいる。
「塚本さん、やっぱり告る気やな。張り切って、プレゼントまで持ってきてるやん」
机の前でしゃがみ、彼女たちの様子をうかがう夏子。
プレゼント…用意するん忘れた。
一枚上手な彼女を横目に、舞は玉砕を覚悟した。
「いいよ。あたしは…渡せるだけでいいし」
…あたしなんかが告ってきても、勇心はあの子を選ぶと思う。
あの子の方が可愛いし…仲良いし。
あたしは…かないっこない。
友達と賑やかにジャレ合う勇心の姿を眺め、舞は肩を落とした。

「あ！　雪降ってる」
帰りのホームルーム中、窓の外に目をやり…１人の男子が声を出す。
「…ホワイトバレンタインかぁ」
後ろで、夏子が何気なくささやく。
ほろりほろりと優しく降り注ぐ雪を、舞はぼんやりと見つめた。

「…頑張りや」
いつも冗談ばかり言ってくる夏子が、真剣な顔で励ましてくれている。
生まれて初めて経験する"告白"というものに、緊張せずにはいられない。
「じゃあね！　報告の電話待ってるでぇ」
ホームルームが終わると、夏子は田中と2人で教室を後にした。
…純子も礼ちゃんも、この日だけはちゃんと彼氏と帰っていく。
舞は、1人で告白をしなければならない。
寂し気な表情を浮かべ、舞はひらひらと手を振った。
「…さぁ、頑張らな」
舞は重い腰を上げて、鞄の中からチョコを取り出した。
箱の中には、きちんとメッセージカードを入れている。
「…もうクラブ行ったんかな？」
今にも泣きだしそうな思いで、舞は野球部の部室へと向かった。
「…積もらんわなぁ、やっぱ」
渡り廊下で足を止め、空から弱々しく降る雪を見上げる。
…この雪みたいに、形に残らなくてもいい。
でも‥お願い、気持ちだけは伝えたいねん。
舞はごくりと唾を飲み、そしてまた走りだした。

「ごめん。…俺、好きじゃない子と付き合ったりとか…でけへんから」
野球部の部室に近づいたとき、突然聞き覚えのある声が聞こえてきた。
舞は校舎に身を隠し、こっそりとのぞき込んだ。
「じゃあ、これだけでも受け取って」
そこに立っていたのは、勇心と…塚本さんだった。
顔を伏せた彼女は、白い小さな紙袋を勇心に差し出している。
その光景を前に、舞の胸はズキズキと痛みを受けていた。
「…ごめんやけど、もらわれへん」
そう答える彼の顔に、いつもの明るさはなかった。
…今まで見たことのない、真剣な瞳。
塚本さんはうつむいたまま、その場から走り去っていった。
立ち尽くす彼から視線を背け、舞はしゃがみ込む。
そして、どうしたらいいのかわからず…その場から離れた。

「…はぁ…はぁっ…」
息を切らしながら…たどり着いたのは、誰もいない教室。
舞は、自分の机に手をついて…座り込んだ。
「もらっても…くれへんの？」
じんわりと浮かび上がる涙は下まぶたを濡らしていく。
カーテンのすき間から漏れる…外の光。

誰もいない静かな教室で、小さなの粒が彼女の頬に一筋の跡を残していく。
塚本さんであかんなら、あたしなんか…絶対ムリやん。
舞は歯を食いしばり、手の中にあるチョコの箱を…ジッと見下ろした。

―カタン。
…人気を気にしながら、舞は勇心の靴箱をそっと開けた。
…考えた結果、やっぱり"想ってる"ってことだけは伝えたいから。
でも…許して。
あたしってことは、まだ…よう言わん。
…勇気がなくてごめん。
チョコを入れた箱の中から…メッセージカードを抜き取り、

靴箱の中へと押し込んでいく。
「よう渡さんかった！」
その日の夜、夏子への報告の電話で…舞は本当のことを言わず笑っていた。
…このことは、誰にも言わへん。
いつか…面と向かって、"好き"と言えるときまでは。

第 2 章

針と糸

背 中

…冬は姿を隠し、桜の花びらが舞い散る季節。
「…離れたなぁ」
中学生になり2度目の春を迎えると、大きかった制服も…いつの間にか程よくなじんできた。
体育館前の掲示板に貼り出された"クラス分け"を眺めながら、夏子がため息をつく。
「でも隣のクラスやし、体育も一緒やん」
…と口では言いながらも、1年間、常に行動を共にしてきた夏子と離れるのは‥やっぱり辛い。
舞は5組、夏子は6組、純子は3組、礼は8組。
クラスは、見事バラバラに分かれてしまった。
「…田中とも離れたし」

「あたしかって、勇心…3組やで」
8分の1の確率なだけに…期待はしていなかったが、やっぱり同じクラスになりたかった。
2人は、がっかりした様子で2階の教室へ向かう。
「まぁ、3組は純子がおるから行きやすいやん！」
彼氏と両思いの自分は、会おうと思えば…いつでも会える。
でも片思いの舞は、理由がないと勇心に会えない。
夏子は、落ち込む彼女の背中を軽くなで…元気づけた。

「舞っ!!」
5組の教室に一歩足を踏み入れると、大きな声が窓側から聞こえてきた。
「…由美ぃ！　京ちゃん、幸子ぉ!!」
目に飛び込んできたのは、小学生時代…仲が良かった友達。
…1年1組だった舞は、7組8組の彼女たちとはなかなか会う機会がなく…寂しいことに疎遠になっていた。
「同じクラスなんやぁ!!」
うれしそうに、彼女たちに走り寄る。
「クラスが遠かったから、なかなか会われへんかったもんなぁ！」
そう言って、笑いかけてくる3人。
その時、舞は3人の変化に少し驚いた。
…髪の毛を茶色や金色に染めて、肌には薄くファンデーションをつけている。
唇は、赤い口紅で彩られていた。
「…化粧してるん？」
妙に大人びた彼女たちを前に、舞は何もしていない自分が…少し恥ずかしかった。
「ん？　あぁ、これくらいはするやろぉ」
そう言って、由美は明るく笑い飛ばす。
ふと目を向けると、スカートもヒザ上で…すごく短い。
舞は、自分のスカートを見下ろした。

…長い。

その日から…舞は、気心の知れた3人と行動を共にするようになった。
由美と幸子は、彼氏がいるらしい。
京ちゃんは、1年のとき、付き合ってた元彼に…片思いをしているらしい。
「…羨(うらや)ましいなぁ」
舞は、口癖になりつつある言葉を今日も口にする。
「舞はマシやって、希望あるもん。あたしなんか、1回振られてるし…」
舞の言葉に、京子はため息をつく。
「さぁ、3組行こ行こっ!!」
由美と幸子が、ドアぎわから声をかけてくる。
毎日‥昼休みは、勇心のいる3組に4人そろって通い詰めている。
「純子ぉっ!!」
3組の教室にたどり着くと、由美はいつものように純子を呼び出した。
「はい、今日の分」
純子は、舞に可愛いピンク色の手紙を手渡す。
「…いつもすんません」
それを手に取り、舞はペコリと頭を下げた。

純子は、日課として…勇心の行動や情報を細かく手紙に書いてくれている。
舞は、この手紙を読むのを毎日楽しみにしていた。
そして、チラッと視線をずらす。
すっかり新しいクラスになじんでいる勇心は、1年のときと同じように…教室のど真ん中で数人の男子たちと騒いでいる。
…こっち向けへんかなぁ。
舞は、切ない表情で彼を見つめていた。
彼は、全くこっちを振り向かない。
…クラスが離れてから、舞は完全に彼との接点を失ってしまった。
「そろそろ‥戻ろっか!」
3組の時計を見上げ、幸子が呟く。
1日の中で…1番長い休憩時間は、すぐに無くなってしまう。
舞たちは、純子に手を振り…自分たちの教室に戻った。

…その日の放課後。
ホームルームが終わると、舞はテキパキと机の上を片づけて…3組へ走る。
…今日は間に合うかな!?
勇心は、授業が終わると…部活に向かってしまう。

純子を迎えに行くたび、いつも彼の姿を探すが…会えたり会えなかったり。
別に…会っても会話なんかするわけではないのだが、やっぱり一目でも見たい。
「キャハハハッ！！　何それっ！！」
「え？　変かなぁ？」
３組に近づくと、舞は思わず足を止めた。
「じゃあ、これは？」
「キャハハハッ！！　もう、めっちゃ面白いっ」
目に映るのは、廊下の真ん中で…女子たちと楽しそうにはしゃぐ勇心の姿。
「あ、舞…」
立ち尽くす舞を見つけ、純子はバツが悪そうな表情で近づいてきた。
…目が離せない。
派手な身なりをした…可愛い女の子たちと、勇心は楽しそうに騒いでいる。
「…帰ろ」
視界をふさぐかのようにのぞき込み、純子は苦笑いをする。
「…うん」
ジッと見ているのに、勇心は気づいてもくれない。
舞は、モヤモヤとした気持ちのまま…彼から目をそらす。
舞は家に帰ると、鏡を手に取り…自分の顔を見つめた。

「…地味やよな」
そう呟いて、きつく唇を噛(か)みしめる。
…気づいてよ。
他の女の子と、仲良くせんといてやぁ。
仲良かったときみたいに…戻りたい。
鏡に映る彼女の瞳に…うっすらと涙が広がっていく。
鼻を赤くした自分の顔を、舞は醜(みにく)い表情でにらみつけていた。

イメチェン

「ほんまにえぇんか？」
…日曜日、舞たちは由美の家に集まった。
「じゃあ…いくで？」
由美は、何度も同じ確認を取る。
「どうぞっ！！」
決意は変わることなく、舞はハッキリとＯＫの返事を出した。
「まぁ、別に…嫌になったらスグ戻せるし」
「気分転換にいいんちゃう？」
京子と幸子は、２人の光景を楽観的に見守っている。
慣れた手つきで、由美は舞の髪を丁寧に染めていく。
…変わりたい。

可愛くなりたい。
彼と笑い合う3組の女子を見て、舞の中で生まれた気持ち。
「…頭痛いっ」
頭皮に激痛が走り、舞は目をギュッと閉じた。
「最初って、絶対痛くなるねんよ。我慢我慢っ」
ケラケラと笑う幸子。

「はいっ、終了」
激痛に耐えた舞を、由美は鏡を手に取り映した。
…目の前に映った自分に、舞は目が点になる。
「…わぁ。なんか…違う人みたい」
明るい茶色の髪の毛が、顔の表情を明るくしてくれる。
舞は、変化した自分に微笑（ほほえ）んだ。
「…じゃあ、次はあたしの番やな」
そう言って、京子は鞄（かばん）から毛抜きとカミソリを取り出した。
「痛いっ!! 無理っ、無理無理っ!! ほんまに痛いってば!!!」
今まで感じたことのない痛さに、舞は泣き叫ぶ。
「いけるからぁ!! ちょっと‥動かんといてって!!」
ムキになる京子を助けるかのように、由美と幸子は舞の両腕をガッシリとつかんだ。
「これ、虐待（ぎゃくたい）やん!!」
目尻に涙を浮かべ、舞は手足を振り…バタバタと騒ぎ立て

た。

「…激細やん」
手鏡を手に、舞は呆然(ぼうぜん)となり…片手で眉をなぞる。
「…眉ペンで書けば、ちょうどいい感じになるから…」
やっぱり…失敗したのだろうか？
京子は、必要以上に笑顔を向けてくる。
「‥‥‥」
舞は、疑いの目を京子にぶつけた。
すると、突然、顔に幸子の手が伸びる。
「今度は何っ!?　もういいって！」
「痛いとかじゃないから」
…幸子は、ポーチから様々な化粧品を取り出し…ニンマリと微笑んだ。

「…ここまでしたら、急に変わりすぎじゃない？　あたし、いじめられるんちゃうん？」
満足げに笑いかける３人の前で、舞は不安そうに呟いた。
「何言うてん！　あんたが"イメチェンしたい"って電話してきたから、あたしら頑張ったんやで」
「大丈夫やって！」
「決して変じゃないからっ!!」
少し後悔をする舞に、３人は満面の笑みで勇気づける。

「そう…かなぁ？」

茶色の髪に…細い眉。

そして、慣れない化粧。

"変わりたい"と思ったが、変わりすぎたような気がする。

「…葉山勇心のことがキッカケなんやろ？」

突然、由美が真剣な表情で問いかけきた。

「…え？」

急な質問に、舞は戸惑った。

振り返ると、3人は優しい顔で微笑んでいる。

「…あたしら、応援してるから。頑張れっ」

そう言って、幸子は舞の肩をポンポンとなでた。

「可愛くなったから、自信持ちゃぁ！」

隣で、京子がささやく。

皆、あたしのために…いろいろと協力をしてくれている。

…頑張らなあかん。

舞は、3人に力強くうなずいた。

…勇心、あたし変わったよ。

だから、気づいてくれるよね？

舞は、変化した自分に自信を持ち始めていた。

次の日の朝、さんざん母親に叱られた舞は家を出る。

…イメチェンをしたせいか？

いつも通る道に、少し緊張感が漂う。

ヒザ上まで折り曲げたスカートが、ぎこちない。
「どないしたんっ!?」
待ち合わせ場所にたどり着くと、純子は大声をあげた。
「…イメチェン」
やっぱり…やりすぎかな?
舞は、ひきつった表情で笑いかけた。
純子は、沈黙のまま…彼女をジッと見る。
「…変?」
舞の笑顔が、だんだん乾いていく。
「…勇心のことがキッカケ? この前女子と騒いでたのん…気にしてん?」
純子は、少し悲しそうな目で舞を見つめた。
図星をつかれ、舞は黙り込んだ。
足を止めたまま…立ち尽くす2人を、重い沈黙が包んでいく。
「似合ってるよ!…きっと勇心も驚くよ」
うつむく舞に、純子は明るく笑いかけた。
「純子…」
「負けりなよ! 頑張りっ」
太陽みたいに暖かい純子と歩く…学校までの道。
変化した彼女に、たくさんの視線が降り注いでいた。

心 の 距 離

「ドキドキする？」
…昼休み。
廊下を走りながら、由美が舞に問いかける。
「…めっちゃ」
不安そうな表情で答える彼女を見て、京子と幸子はクスクスと笑っていた。
今朝…舞の変化した姿を見て、夏子は手にしていた鞄をポトッと落とした。
…クラスの皆も、かなり驚いていた。
「あれ？…純子おれへん」
３組の教室をのぞくと、いつもいるはずの純子はいなかっ

た。
「トイレかな？」
キョロキョロと、幸子が廊下を見渡す。
その隣で、舞は勇心の背中を眺めていた。
…振り向けっ！
気づけっ！！
目に力を込めて、必死に念を送る。
すると、念が通じたのか？
勇心は、ふと振り返った。
…あっ！
舞の顔は、思わず赤くなっていく。
２年になってから、舞は彼と全く視線を合わせることがなかった。
舞は、恥ずかしくなり…目を伏せる。
チラッと見上げれば、彼はポカンと口を開いている。
「見てる見てるっ」
自分のことのように喜び、由美は舞の隣で飛び跳ねた。
「あっ！　来た来た、純子ぉっ！」
勇心と目が合い、舞は照れていた。
すると、向こうから純子が歩いてくる。
幸子は、純子の姿を見つけ…大きな声で呼びかけている。
暗い表情で歩いてくる純子に、舞は異変を感じた。
３人の姿を見つけ、純子は足の動きを止める。

「なんか…様子が変じゃない？」
舞と同様に、京子も彼女の異変に感づいた。
４人は、急いで彼女に駆け寄っていく。
「どないしたん！？」
舞は、彼女の顔をのぞき込んだ。
すると、純子は顔を上げ…静かに涙を流す。
「えっ、えっ…ちょっと！？」
「どうしたんよ？」
涙に驚いた由美と幸子は、心配そうに声をかけた。
「…振られた」
それは、涙に濡れた一言。
４人は、目の前が真っ白になった。
…あんなに仲良かったのに？
なんでなん？
混乱する舞たちの前で、純子は大粒の涙を流していく。

「好きな人！？」
…その日の放課後。
４人は、少し落ち着きを取り戻した純子に話を聞いていた。
「…うん。同じクラスの子やって」
目を伏せたまま、彼女はコクリとうなずく。
「最近…電話しても、そっけないなとは思ってたんやけどな」
呆然と足元を見つめ、純子は深くため息をついた。

同じ経験を持つ京子は、彼女と自分を重ね…涙を浮かべる。
そして、由美と幸子は何も言わず…黙っていた。
「やっぱ…同じクラスの子の方が…強いよな」
心変わりを責めても、彼の気持ちは戻ってこない。
…あの頃には戻れない。
突然の別れに、全く気持ちがついていけない。
その瞳に輝きはなく、魂が抜けたかのような顔をしている。
舞は、純子がささやいた最後の言葉に考えさせられていた。
今の勇心の瞳に、あたしは全く映っていない。
偶然映っても、それは…ただの風景みたいなもの。
この間、一緒に騒いでた女の子のこと…好きなん？
…好きな子おるん？
その日の夜、舞は胸が苦しくて…なかなか眠りにつくことができなかった。

その日から、純子はすっかり元気をなくしてしまった。
話しかければ、笑顔で答えてくれる。
でも、その笑顔にある瞳は…笑っていない。
できることなら、幸せにしてあげたい。
何か、あたしにできることある？
舞は、彼女の沈んだ表情を黙って見つめていた。

「もうすぐ行われる修学旅行の…実行委員を決めます！」

ある朝、ホームルームで学級委員が教壇に立つ。
「誰か、立候補いませんかぁ？」
シーンと静まり返った生徒たちに、学級委員たちは呼びかける。
そのとき、舞の頭の中で１つの期待がよぎった。
もしかしたら、勇心のことやから立候補してるかも…。
「…はい」
迷いながらも、舞は勇気を出して手を挙げた。
「…じゃあ、俺も」
舞に続いて、１人の男子が手を挙げた。
その男子の名は、池田陽平。
「では、池田くんと日向さんに実行委員をしてもらいますっ。
今日の放課後、実行委員会あるんで…行ってくださいね」
学級委員たちは、そう言って‥ホームルームを終わらせた。

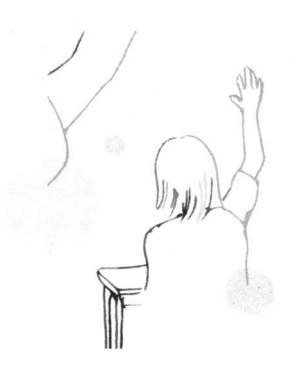

波　乱

「急にどないしたんよ!?」
　１時間目が始まるまでの間に、由美が走り寄ってくる。
「…勇心が立候補しそうな気がしたから」
　舞は、素直にニッコリと微笑んだ。
「あぁ、そうゆうことけ」
　納得したのか、由美はうなずきながら自分の席に戻っていった。
　イベント大好きの勇心のことやから、多分、立候補してるはず。
　その日は土曜日で、舞の願い通り…１日は早く終わった。
「日向、行こや」
　放課後になると、池田は素早く用意をして…舞に声をかけ

てきた。
舞は、急いで用意を済まし…立ち上がる。
そして、隣を歩く池田をチラッと見上げた。
…池田くんのことは何も知らんけど、ハッキリ言うて…意外。
外見からしてヤンチャ系やし、先生とかに刃向かったり…授業サボったりする子やのに。
実行委員に立候補とか…珍しいな。
「何？」
視線に気がつき、池田は舞を見る。
「え…、なんか意外やなぁって思ったから。…実行委員とか、面倒くさがりそうやのに」
舞は遠慮もせず、思ったことをそのまま口にした。
「あぁ。…日向が立候補したから」
池田は、顔色ひとつ変えずに…平然と答えた。
「ふーん、そうなんやぁ」
舞は、笑顔でうなずきながら歩いていた。
そして、ふと気がつく。
今、"あたしが立候補したから"って言うた？
ってことは、えっと…えぇッ！？
彼の発言に動揺する舞。
「…ここか」
平然と、池田は委員会が行われる教室に入っていく。

「…深読みしすぎ？」
小さな声でボヤきながら、舞は彼の後をついていく。

「舞ちぃ！」
席に腰かけると、誰かに声をかけられた。
「なっちゃんっ！」
なんと、6組の実行委員は夏子だった。
「へへっ。勇心狙いで、立候補するんちゃうかなって思ったから」
隣の男子に席を変わってもらい、夏子は舞の隣に座った。
「バレバレ？」
舞は、恥ずかしそうに笑っていた。
「まぁ、確実に奴は立候補するやろぉ」
ニヤニヤしながら、夏子は、舞を指で突っついていた。
「ええ、それ最悪ぅ！！」
「そうかぁ？　ええと思ったんやけど」
…数分後。
案の定、勇心は舞たちの前に現れた。
しかも、同じクラスの女子と賑やかに笑いながら。
「…ビンゴ」
夏子は、舞の耳元でそっとささやきかけた。
自然と、舞の口元が緩みだす。
「…やばい。なんか…めっちゃ嬉しいねんけど」

女の子と話してるのは…嫌やけど、少し…近づけたような気がして。
舞は彼に釘づけになっていた。
ほんのり赤らめた頬(ほほ)に両手を当てて、うれしさを噛(か)みしめる。
「…アイツのこと、好きなん？」
舞い上がる彼女に、池田が質問を投げかけてきた。
「え…」
「あ…っ」
舞と夏子は、会話を聞かれていたことに気がつき…凍りつく。
「だから、毎日3組に通ってんや。…へぇ」
そう言って、彼は勇心の姿をジロジロを眺めだした。

「…なかなか決まらんなぁ」
今回の委員会で決定しなければならないのは、旅行中…生徒全員が身につけるもの。
だが真面目に話し合わないため、だらだらと時間が過ぎていくだけ。
夏子は、だらしない姿勢で…頬を机につける。
「なっちゃん、この後‥買い食いしにいかん？　コロッケ食べたいねん」
お腹がすいてきた舞は、夏子に声をかけた。

すると突然、大きな影が覆いかぶさってくる。
「駅前のコロッケ、あれ美味いでなっ」
舞と夏子は、その声に驚き‥急いで振り返る。
「…勇心っ」
後ろから話に割り込んできたのは、なんと…勇心だった。
突然話しかけられ、舞は戸惑う。
「一緒に食べに行く？」
夏子は、ここぞとばかりに彼を誘った。
「俺、この後、部活あるから…無理やわ」
頭をポリポリとかきながら、勇心は苦笑いする。
舞は、一言も声を出せず…彼をジッと見つめていた。
「てか、ごっつい変わってなぁ！ 俺…見たとき、一瞬固まったもん。なんかあったん？」
そう言って、勇心は舞に視線を向けた。
「え、あ…、うん」
１年のときと全く変わらない態度で、勇心は話しかけてくれた。
どう答えればいいのかわからず、舞は混乱する。
「めちゃ茶色やなぁ」
そして、勇心は何食わぬ顔で…髪の毛に手を伸ばしてきた。
─パシッ！
髪の毛に触れる瞬間、池田が彼の手をきつく叩いた。
勇心は、ムッとし、池田を見た。

「席…戻れよ」
池田は、けんか腰で言葉を吐いた。
２人は、沈黙のまま…数秒にらみ合う。
急な険悪ムードに、舞たちは冷や汗をかいていた。
「…そうゆうことけ。どおりで、急に何もかも変わるわけや」
勇心は、舞と池田を交互に眺め…呟いた。
「…え？」
言葉の意味がわからず、舞はきょとんとする。
すると彼は、にっこりと微笑んでささやいた。
「お似合い」
そう言って、自分の席に戻っていく。
そのときの舞は、彼が一瞬見せた冷たい瞳に気づけなかった。

月 夜 の 視 線

それから、毎週月曜と木曜には委員会が開かれた。
結局…勇心に近づけたのは初日だけで、その後は仕事をする上で少し話すくらいだった。
…修学旅行が始まり、雑用係の実行委員は1日中走り回っていた。
「俺、腰痛なってきた」
「何歳よっ」
池田とは…共に委員をすることで仲良くなり、冗談を交わす関係にもなれた。
ふと視界に入る勇心は、相変わらずクラスの人気者で…女子とワイワイ騒いでいる。

そして…最終日を翌日に控えた２日目の夜、生徒たちはキャンプファイヤーを囲んで集っていた。
「キャンプファイヤーっていえば…思い出やわぁ」
激しく音をたてながら燃え盛る炎を眺め、うれしそうに微笑む夏子。
「そっかぁ。なっちゃんは、田中とキャンプファイヤーんときに…付き合ったんやでなぁ」
舞は、向こうでちゃらけている勇心に目を向けた。
そして、去年のキャンプファイヤーを思い出す。
「３組のＴシャツ…変わってるなぁ」
ぼんやり炎を眺めている舞に、夏子が話しかける。
「ん？　あ、あれ…勇心が描いたらしい。純子言うてた」
旅行中…記念に身につけるものは、結局Ｔシャツに決定した。
デザインは各クラスごとに違うから、何組なのか…すぐわかる。
「"交換して"って、言いにいけへんの？」
舞にもたれかかり、夏子がささやきかけてくる。
「無理無理。よう言わんよ」
「…ほんま舞は消極的なんやからぁ」
苦笑いで否定する舞に、夏子はため息をついた。
この記念グッズは、毎年このキャンプファイヤーで"好きな人と交換する"というのが恒例になっている。

最終日は使わないということもあり、先生たちは何も言わない。
去年の修学旅行では、ミサンガを交換したらしく…ロマンチックだったらしい。
「なっちゃんは、田中と交換するん?」
「当たり前やん! なんか違うクラスのTシャツとか目立ちそうやから、ちょっと恥ずかしいけど」
夏子は、Tシャツのスソをつかみながら…照れ笑いを見せた。

「夏子、行こか」
噂をすれば…本人が登場。
炎の灯りに照らされる中、田中が夏子を誘い出す。
「あ、うん! 舞、ちょっと行ってくるわ!」
実行委員の席から、立ち上がる夏子。
舞は、ひらひらと手を振り…彼女を見送った。
「はぁあ…」
舞は1人になり、つまらなさそうに…ため息をつく。
そして、勇心の姿を探した。
彼は、3組の実行委員の女子と楽しそうに話している。
舞は、彼をぼんやり眺めていた。
すると突然、3組女子が彼に話しかけてきた。
頭の中で、嫌な予感がよぎる。

…恥ずかしそうに話しかける女子に、勇心は誘われるように立ち上がった。
「えっ、交換？」
舞は、思わず身を乗り出す。
「…日向っ」
慌てて立ち上がると、背後から名前を呼ばれる。
振り返ると、そこには…真剣な表情の池田が立っていた。
「…ちょっといい？」
彼は真っ直ぐ見つめてくる。
「…あ、ちょっと待って」
舞は混乱し、もう1度3組の方を見た。
…が、彼らはもうどこかに行ったらしく…見あたらない。
…うそや、待ってよ。

「…交換してや」
山から少し降りた人影の少ない場所で、池田は振り返った。
「…え」
急な彼からの申し込みに、舞は頬を赤らめる。
「…どうゆう意味か、わかるよな？」
伏目(ふしめ)がちに、呟く彼。
…どうゆう意味か。
それは、バカな舞でもわかる答え。
返す言葉も見つからず、舞は沈黙した。

「好きな奴おるのは知ってる。…忘れさせたるから」
どこから来る自信なのか？
池田は目の前でＴシャツを脱ぎ、舞に差し出した。
「…ごめん」
彼の目を見ることもできず、舞はうつむいた。
「…受けとって」
彼はもう１度…強く申し込んでくる。
胸が張り裂けそうな思いで、舞は彼の顔を見上げた。
金色の髪に隠れた…真剣な瞳。
耳に目をやると、真っ赤に染まっている。
舞は、息を詰まらせながら口を開いた。
「ごめんっ」
涼しげに吹く風が、苦しい沈黙に輪をかける。
「そっか。…じゃあ、もらうだけもらってや」
彼は、Ｔシャツを無理やり手渡すと、足早に去っていく。
舞は、そのＴシャツを返すこともできず…立ち尽くしていた。

「おかえりっ！　どこいってたん？　トイレ？」
広場に戻ると、田中のＴシャツを着た夏子が声をかけてくる。
「…帰ってたんや」
舞は、何もなかったかのように、平然を装った。

「うん。なんか微妙に匂い残ってるし！」
夏子は、ニヤニヤとＴシャツの袖の匂い嗅いでいる。
「きもいって」
のろける彼女をおかしく眺める舞。
「あれ？　そのＴシャツ…」
夏子は、舞の手元に気がつき…きょとんとした顔で問いかける。
「え、あ…」
舞はヒザの上に置いていたＴシャツを、グイッと後ろに隠した。
そのとき、男子の笑い声が２人の耳に入ってくる。
「なんで上半身裸やねん！」
その言葉に、舞は肩に力を入れた。
「…なんでもええやんけ。暑いからじゃよ」
からかう友達に、池田は平然と答えている。
Ｔシャツをつかむ手に、グッと力が入る。
「…そういうことか」
夏子は、横目で彼女をそっと見た。
舞は罪悪感におそわれ、複雑な表情で…下を向いていた。

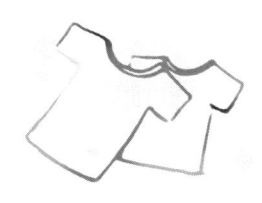

告 白

…修学旅行は、あっけなく終わりを告げた。
再び、普通の生活が舞たちを包んでいく。
…キャンプファイヤーのとき、女の子と帰ってきた勇心は…クラスメートたちに冷やかされていた。
同じクラスだから、Tシャツを交換したかどうかは…わからない。
そして、池田とはあれから…全く口を聞いていない。
彼は、また休みがちな生活に戻ってしまった。
「…告ろっかな」
ある日の放課後、友人たち全員の前で…舞はポツリと呟いた。
「…え？」

幸子は耳を疑い、真顔で聞き直す。
「…告白しようかなって」
舞は、再度、決意を口にした。
「マジで!?」
「いきなりどうしたんよ!?」
一斉に盛り上がる周囲。
「そろそろ、ケジメつけようかなって。ズルズルしててもさ」
舞はおだやかな笑みで答える。
その言葉を聞いて、友人たちは静まり返った。
「…じゃあ、あたしも言う」
舞の言葉に自分を重ねた京子は、低い声で呟いた。
京子は、元彼のことを…いまだ忘れられずにいた。
２人は、皆の前で告白を決意した。

次の日の朝、７人の女子がトイレの前で集まる。
「今日、音楽の授業あるから…誰もおらんなるし、そんときに入れいやぁ」
舞の書いたラブレターを見て、純子は協力をＯＫしてくれた。
昨夜…一睡もすることなく、何度も書き直した手紙。
大体の内容は、昨日の放課後…皆で考えた。
「何て書いたん？」
礼は、興味あり気に問いかける。

「"好きです。良かったら付き合ってください。ＯＫならシャーペンを、無理なら消しゴムを、明日の朝、机の上に置いてください"。…なんか照れるわぁ」
舞は、頬をほんのり赤らめて答えた。
「…頑張れっ」
夏子は、珍しく真顔で応援する。
…振られたくない。
…逃げてばかりじゃあかん。
池田に告白された日から…いろいろと考えた結果、舞はそう思い始めた。
皆、それを乗り越えて…両思いになったり失恋したりしている。
でも、あたしは前に進もうとしていない。
舞は、手の中にある水色の手紙を眺め…唾(つば)を飲む。
結果がどうあれ、告白することが大切。

…そして、決戦のときは訪れた。
「早く早くっ!!」
３時間目が終わり、急いで走る舞たちは…廊下で待つ純子に駆け寄った。
「今、誰もおらんで。日直が鍵閉めに来るから、その前に入れなあかんで！」
純子は、舞を教室に入れ…勇心の机に案内してくれた。

バレンタインのときみたいに…逃げたりはしたくない。
…ちゃんと前に進まなあかん。
舞は、勇気を出して…手紙を鞄の中に押し込んだ。
ジワァッと、浮かび上がる涙。
モヤモヤとした感情で、胸が苦しくなる。
舞は、急いで教室を飛び出した。
「よぉ頑張った！」
震える手を、純子はガッシリつかんだ。
こらえていた涙が、ポロポロとこぼれ落ちる。
「…なんで泣いてんやろ」
舞は、不安につぶされそうな感情を、自らおかしく笑った。
純子は"うんうん"とうなずいて、舞の頭を優しくなでた。
「入れてきた!?」
5組に戻ると、由美たちが走り寄ってくる。
「うんっ」
口元が震える舞を、彼女たちは喜んで抱きしめる。
そして、京子は舞の行動に励まされ…自分の決意を固めたのだった。

…放課後。
礼と夏子は彼氏とデートらしく、5組の教室には舞と純子…そして由美と幸子の4人が静かに時間を過ごしていた。
…ガラッ。

ドアが開き、4人は一斉に振り返る。
「京子…」
「どうやった？」
「言えたん？」
「…京ちゃん」
ドアの前で立ち尽くす京子に、4人は次々と声をかける。
「…振られたぁ！」
京子は笑顔を作り、明るく答えた。
4人は、何も言えず…凍りついた。
「さぁ、買い食いでもして帰ろっか！ あたしコロッケ食べたいねん」
無理に平静を装う彼女に、周囲は何も言えなかった。
様々な思いを胸に、5人はコロッケをほおばり…帰宅した。
夜12時を過ぎても、舞は眠ることなく…天井を見上げていた。
明日の朝、勇心の机の上に…消しゴムが置いてあったら、あたしは京ちゃんみたいに笑えるだろうか。
…明るくできるだろうか。
真っ暗な部屋で、舞は不安を抱き…瞳を閉じる。
…目尻から耳元に、一筋の涙が線を描いていた。

翌朝、舞は純子と3組へ向かった。
「…怖い。純子見てっ!!」

舞は足がすくみ、純子の体を両手で押した。
「ちょっ、もう…しゃぁないなぁ」
純子は、あきれた顔でため息をつき…教室内をのぞき込んだ。
「…舞。勇心おらんから、自分の目で見いや…」
純子は真顔で振り返り、舞の肩に手を伸ばした。
深く息を吐き、勇気を振り絞る。
思い切って教室をのぞくと、中では生徒たちが賑やかに騒いでいる。
勇心の机は、１人の男子が邪魔をして…見えない状態。
場所を移動して、もう１度その机に目を向けた。
机の上に置いてあるのは…２本のシャーペン。
ツーンとした感覚が、鼻の奥に広がっていく。
同時に、涙が瞳を濡らしていく。
純子の喜ぶ顔が、涙でにじんでいく。
後から駆けつけた由美たちは、舞を抱きしめ…飛び跳ねた。
…半袖の季節を迎える頃、舞の恋は成就した。

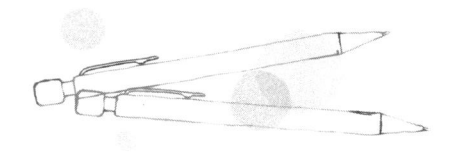

最終章

線の向こう

彼 氏

…勇心と付き合うことになってから、2週間が過ぎた。
「昨日なぁ、アイツと一緒に服買いに行ってん」
「あたしは、昨日あの子んち遊びに行ったぁ」
休み明けに、周囲はデートの報告をする。
由美と幸子の会話を、舞と京子は黙って聞いている。
「あ…ごめん、京ちゃん」
失恋したばかりの京子を見て、由美は会話を止めた。
「え？…あぁ。もう大丈夫やで、ちゃんと吹っ切れたし。"あたしも早く彼氏つくりたいなぁ"って思いながら聞いてたぁ」
…2週間前、忘れられない気持ちを元彼に伝え…見事に玉砕(ぎょくさい)した京子。

最近は、妙にスッキリした表情を見せている。
「じゃあ、今度、彼氏の友達と４人で遊ぼうよ！！」
１つ年上の彼氏を持つ幸子は、京子を誘いだす。
「で、あんたは進展…まだないん？」
黙って３人のやり取りを聞いている舞に、由美が声をかける。
「え？」
自分に話を振られ、舞は頰から手を外した。
「"え？"じゃないって。もう２週間やで？」
由美は、あきれた表情で眉をひそめた。
…そう、勇心の机に２本のシャーペンが置いてあった日から…２週間がたった。
でも、デートどころか…２人は会話さえ交わしていない状態。
「なんか"偶然、シャーペンあっただけちゃうかな"って、最近思うようになってな…」
「ありえへん。手紙入れたんやろ？　読んでるはずやって」
彼女の消極的な発言に、幸子は即座に答えた。
「じゃあさ、聞いてみぃよ。電話してみたら？」
「はっ？　電話とか、絶対無理やって！！」
由美の提案に、舞は慌てふためいた。
その反応を見て、３人は目が点になる。
「…え、ちょっと待って」

「まさか"電話したことない"とか…言う？」
"信じられない"と言わんばかりに、由美と幸子は戸惑いだす。
「バカにせんといてよ！　電話ぐらいしたことあるし！　3人にもかけたことあるやん」
舞は、ブーッと口を尖らせた。
「違う違うっ」
「勇心とやで」
「…まさか、したことないん？」
3人は声をあげた。
舞の表情は曇っていく。
「…ない」
彼女は、小さな声でポツリと呟いた。
「…マジでぇ？」
乾いた表情で…ガクッとうつむく幸子。
「まぁまぁ、ありあり」
フォローする…京子の顔さえも、引きつっている。
「…電話とかするもんなん？」
舞は、小声で問いかける。
「まぁ…普通はするわなぁ」
幸子は、困った様子で…頭をポリポリとかいた。
「じゃあ、今日かけたら？　いい機会やん！」
"ひらめいた"と言うかのように、由美は明るく笑いかける。

「今日っ!?」
「当たり前やん。今日せんかったら、いつするんよぉ?」
ため息を吐きながら、幸子は躊躇する舞を説得する。
「…緊張するしぃ」
…勇心と電話?
何を話したらいいん?
頭の中は混乱していた。
「とりあえず、電話して聞いてみぃ? じゃなきゃ、手紙読んでくれたかわからんし。…な?」
京子は、柔らかく、舞の髪の毛をなでた。
その後…考えた結果、舞は今夜…勇心に真相を聞くことを決意した。

「…はぁ、緊張してきた」
その日の夜、舞は純子を呼び出し…家の近くにある公衆電話をかけに行った。
だが、受話器を手にしたまま…数十分。
いまだ、ダイヤルボタンを押せずにいる。
「1回かけたら、次からかけやすくなるし。…最初だけやよ」
純子は明るく笑いかけ、緊張をほぐそうとする。
「…でも、緊張して…番号が押されへん」
今にも泣きだしそうな顔で、舞は受話器を握りしめている。
「…しゃあないなぁ」
純子はクスクスと笑いながら…電話帳を奪い、ピッポッパッと軽く番号を押しだした。
「ちょっ…」
「はい」
彼女の行動に、舞は慌てだす。
純子はニコッと微笑んで、受話器を舞の耳に当てさせた。
…プルルルル…プルルルル…。
耳元で鳴り響く…呼び出し音。
舞は、自分が破裂するかのような感覚に陥った。
『はい、葉山です』
受話器から聞こえたのは、勇心の声。
…さっそく本人登場っ!?

口をパクパクとしたまま、舞は声が出せなくなってしまった。
あ…、あぁぁ…えいッ！！
どうしたらいいのかわからなくなり、舞は受話器を公衆電話に返そうとした。
バコッ！！
「もしもし？　岸田ですけど…」
舞の頭を軽く叩き、純子は受話器を奪い取った。
「あ、勇心やったんや。あのさぁ、今、日向舞と一緒におるんやけどな、電話代わるわ！」
淡々と用件を告げ、純子は舞に受話器を向けた。
「…えっ」
逃げ場をなくし、舞はジタバタする。
「往生際が悪い」
そう言い切って、純子は無理やり受話器を押しつけた。
舞は、恐る恐るそれを耳に当てる。
ニッコリと微笑む純子を前に、受話器を持つ手は震えている。
「…もっ…もしもし」
妙に、声のトーンが高くなる。
『もしもし…』
シーンとした空間から、勇心の声が聞こえてくる。
「ごめんな。…電話して」

緊張のあまり、言葉が途切れ途切れになっていく。
『うん…ええよ』
…ひゃぁぁぁぁぁ！！
舞は、心の中で叫んでいた。
『…で、どうしたん？』
ぎこちない空気を読み取ったのか？
勇心は、早速‥用件を聞いてくる。
舞は、爆発寸前の胸を抑えながら…声を振り絞る。
…もういいや。
どうにでもなれっ！！
「…手紙、読んだっ！？」
ヒクヒクと、ケイレンする目尻。
『…うん』
勇心は、平然と答えを出した。
"うん"ってことは、あのシャーペンは…返事ってことで。
…えっと、つまり…付き合ってるってこと？
混乱した脳内を、必死に整理していく。
『もしもし？』
勇心は、沈黙の先に問いかける。
「え…あ、はいはいっ」
我に返り、舞は思わず声を裏返らせた。
『ありがとうな。なんか、お礼言う機会…なかったから』
普段とは違う雰囲気の彼は、２週間言えなかった言葉を…

口にした。
「ううん、うん」
火照りだす顔を手で覆い、舞は静かにうなずいた。
『日曜な、俺クラブあるんやけど…それ終わってから…会う?』
…緊張が伝わったのか?
勇心までも、言葉を詰まらせている。
「あ、うんっ」
いきなり出された、デートの誘い。
舞の胸は、うれしさでいっぱいになる。
『じゃあ、また学校で』
「うん!…また学校でっ」
苦しい沈黙から逃れるかのように、2人は挨拶を交わし…受話器を置いた。
その後、舞はニンマリと笑みを浮かべていた。

初めての時間

「…もうすぐ4時」
日曜日当日、舞はベッド際にある目覚まし時計を眺め…呟いた。
月曜日の夜に、勇心と電話をしてから…1週間がたった。
舞は、今日の日を心待ちにして過ごしてきた。
火曜日の朝、今日のデートのことを報告すると…由美たちは付き合えたことを改めて喜んでくれた。
水曜日の夕方…夏子と2人で今日のために服を買いに行き、木曜日は由美たちと駅前の本屋で占い雑誌を探し…運勢を確かめた。
金曜日の朝、朝練後の勇心とバッタリ靴箱で遭遇し…初めて挨拶を交わせた。

そして昨日…土曜日は、今日のデートのことばかり考えていた。
…そして今、２０分後に始まる初デートを控え…すでに用意を終えた状態で時計を眺めている。
「そろそろ…出た方がいいかな？」
母親にバレないように"純子と遊ぶ"と嘘をつき、緊張した足取りで家を出た。
待ち合わせは、家から徒歩５分の距離にある公園。
うれしさとはウラハラに、恥ずかしい気持ちが胸を支配する。

「あ…」
公園に到着すると、私服姿の勇心がベンチに腰かけ…振り返る。
「あ…待った？」
10分前に着くように、出たつもりやのにぃ！！
舞は、急いで彼のもとに駆けつけた。
「ううん、大丈夫」
勇心は、舞を見て…照れた様子で目を伏せた。
「…えっと」
走り寄ったはいいが、彼の隣に腰かけていいものか迷い…ベンチの前でモジモジと立ち尽くす。
「あ、座りよ」
彼女の戸惑う姿を見上げ、勇心は少しずれて座り直した。
「…お邪魔します」
舞は、恥ずかしそうに顔を伏せたまま…ちょこんと座る。
腰かける２人の間に、沈黙が流れていく。
すると突然、勇心はプッと笑いだす。
舞は、きょとんとした顔で彼をのぞき込む。
「"お邪魔します"って、変やな思って…」
意味不明の言葉を思い出し、勇心は笑い続ける。
「えっ、やっ…だって」
舞は、恥ずかしくなり顔を赤らめた。
紅く染まっていく空の下で、２人はゆっくりと時間を過ご

していく。
彼の思い出し笑いをキッカケに、2人の緊張は少しずつ緩んでいった。
「あ、1つ聞きたいことあったねん」
ふと思い出したかのように、勇心が顔をあげる。
「ん？」
舞は、彼の顔を見た。
「あのさぁ、違うかったら…ごめんなんやけど。…これって、日向のん？」
そう言ってポケットから取り出したのは、1つの小瓶。
舞は、それを見て…冷や汗をかいた。
「えっ」
どう答えればいいのかわからず、舞はアタフタと慌てた。
「これ、茶色い箱の中に入ってたんやけどなぁ。この中にチョコ詰めて、靴箱に入れられててな」
勇心は、小瓶を見つめながら…話しだす。
「名前ないし…誰かわからんかったんやけど、その日の夜な、田中んちに遊びに行ったねんな。そしたら、似た感じの小瓶に…同じチョコ詰まってて。"手作りやねん"って言うて、田中の奴…喜んでるし」
勇心は、小瓶を握りしめ‥舞を見つめた。
その話を耳にし、舞はバレンタインの日を思い出した。
「…日向がくれたんちゃうん？」

勇心は、真剣な声で問いかけてきた。

舞は、思わず目を伏せる。

「違うかったら…ごめん。でも、夏子と仲良いやろ？"もしかしたら…"って思ってたねん」

…勇心は気づいてた。

あの雪の降る日、自分だとバレないように…メッセージカードを抜きとったのに。

舞は、コクリとうなずいた。

「…あたしが入れた」

恥ずかしくて、顔があげられない。

「良かったぁ…」

答えを聞いて、勇心は深く息をついた。

「ちゃうかったら、怒らせてしまうかもって思ってたから。違う子の瓶を日向に見せたとか、最悪やろぉ。一か八かで聞いたんやし」

安心した様子で、勇心は無邪気に微笑んだ。

「…ごめん、名前隠したりして」

彼の笑顔を眺め、舞は伏目がちに謝った。

「こっちこそ。ホワイトデー…あげられへんかったし」

彼は両手を合わせ、頭を下げた。

…あたしのチョコって気づいてたんや。

…じゃあ、どんな目で…あたしを見てたん？

舞は、"どういう目で、あたしを見てたん？"と尋ねようと

した。
「あのな…」
「秘密にしたいねんけど」
舞の台詞(せりふ)を上書きするかのように、勇心の声が覆いかぶさる。
「…え?」
彼の言葉が理解できず、舞は動きを止めた。
「ほら、俺のキャラ的に…彼女とか似合わんし。…付き合ってることは、皆に知られたくないねん」
少しぎこちない笑顔を見せながら、彼はそう言った。
舞は、返事を返すことができなかった。
…秘密。
…人に言うたり…できへん。
心の中で、寂しい気持ちが込み上げてくる。
「…ごめんな?」
一点を見つめたまま…何も言わない舞を、そっとのぞき込む彼。
「…うん、別に」
…本当は嫌。
皆と同じように、オープンな付き合いをしたい。
あたしが彼女やと…恥ずかしい?
…せっかく付き合えたのに。
複雑な感情が、胸を苦しくさせていく。

だが、舞は無理に笑顔をつくった。
…言われへん。
嫌われたくない。
…舞の心境を映すかのように、沈んだ夕陽は暗闇の中に消えていった。

不 満

その日から、舞は勇心との秘密の交際を続けた。
2人のことを知っているのは、純子・夏子・礼・由美・京子・幸子、そして夏子の彼氏…田中の7人だけ。
秘密にして付き合うというのは、いろんな面で付き合う前と…さほど変わらないものだった。
刺激がないというか…面白くない。
舞の中で、勇心に不満が募っていく。
…何で秘密なん?
周りの友達は、堂々と付き合ってるのに。
舞は、日々…そのことで悩まされていた。
「あ、勇心来るでっ」
舞は、幸子と廊下の曲がり角で立っている。

友達と向こうから歩いてくる彼を見つけ、幸子は舞に耳打ちする。
…何も変わらない日常。
こうやってコソコソと見ることも、両思いになれば…なくなると思ってた。
廊下の真ん中で話をしたり、ジャレ合ったりできると思ってた。
「あ、目ぇ合った」
…こんな些細(ささい)なことで喜ぶなんて、彼女じゃないみたい。
…面白くない。
去っていく彼の背中を静かに眺め、舞はため息をついた。

変化が訪れることなく、ただ平凡な日々が過ぎていく。
「明日?」
「そう、明日」
いつの間にか夏休みを迎え、舞は夏子の家で暇をつぶしていた。
「明日は日曜やし、クラブもないやろ? 行こうよ、4人で」
舞を気遣って、夏子は誘いを持ちかける。
「…水着とか恥ずかしいし」
海への誘いに、舞は自分の体を見下ろした。
「はいはい、海に入ったらハッキリ見えへんから! とにかく、今日電話しといてなっ」

もじもじとした舞の台詞を聞き流し、夏子は淡々と事を進めた。
…海かぁ。
勇心と…海。
頭の中では、海で騒ぐ勇心の姿が浮かび上がっている。
「…海」
…１年のときみたいに戻れるかも。
「…にやけすぎ」
舞の緩(ゆる)んだ口元を横目に、夏子はクスクスと微笑んだ。
『いつ？』
「明日っ」
その夜、舞は勇心に電話をかけた。
『えっ、明日？』
「そう、明日！」
昔みたいに、一緒に騒げるチャンス。
舞は、興奮気味に誘いをかけた。
『あー…明日無理や』
受話器から聞こえたのは、思ってもいなかった返事。
それを耳にし、舞の表情は乾いていく。
「え、明日…クラブないんやろ？」
『ツレと遊ぶ約束してるんやし』
クラブがない＝暇。
そう思い込み、まさか断られるとは思っていなかった。

『…ごめんな』

…電波に重なる沈黙。

勇心は、すまなさそうに謝った。

「あ、うん…。急やから…仕方ないし。じゃあ、またね」

明るく振る舞いながら、舞は電話を切った。

その後、すぐに断りの電話を夏子にかける。

呆然（ぼうぜん）としたまま、舞は部屋のど真ん中に座り込んだ。

…あたしなら、友達との約束を断ってでも…行くのに。

そこまで…あたしのこと好きじゃないんや。

２人の気持ちを天秤（てんびん）にかければ、きっと自分の気持ちの方が重い。

モヤモヤとした感情はだんだんと大きくなり、舞の表情は曇ってゆく。

「…おもんない」

クッションを抱きしめて、舞は寝ころんだ。

こんなん…付き合ってる意味ないやんか。

舞はクッションに顔を埋め、醜く変化した自分の顔を隠した。

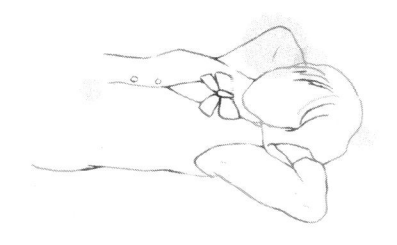

「で、進展は全くなしなん？」
夏休みは、あっという間に終わってしまった。
少し日に焼けた純子は、重たい表情で問いかける。
舞は、ため息混じりにうなずいた。
「…ありえへん」
純子は、ハァッとため息をついた。
「…ほんまに」
舞は、つまらなさそうにぼやく。
「あんたがありえへんって」
他人事(ひとごと)のように答える彼女に、純子は怒る気も失い…眉間(みけん)にシワを寄せた。
「なんであたしが？　あたしは、ちゃんと誘ったりしてたしっ!!」
「実行してないんやから、意味ないやん！　断られたら、また誘う!!　このままじゃ自然消滅なるで!?」
"せっかく誘ったのに、勇心は断った"
彼に対して不満が募る舞は、純子に共感を求めた。
だが、いつまでも消極的な彼女に、純子は苛立(いらだ)って…仕方がない。
純子は、舞に危機感を持たせる。
「…そんなんさぁ」
確かに"このままじゃあかん"ってことくらい…わかって

線の向こう

るよ。
でも、勇心かって悪いやん。
納得がいかず、舞は口を尖らせた。
「くじけてらんと、頑張れって」
舞の背中を軽く叩き、純子は明るく微笑んだ。
…あたしは、皆みたいにオープンに付き合ってないし。
隠さず付き合ってたら、手をつないで一緒に下校したりもできるのに。
純子らには、あたしの気持ちなんか…わかるわけない。
不機嫌な表情で、舞は歯を食いしばる。
「元気出しって!」
純子は、無口になる彼女をのぞき込んだ。
あたしみたいな経験…したことないくせに。
いつの間にか、勇心への不満は周囲に向いていく。
本人に言えない分、舞は純子に八つ当たりをしてしまうのだった。

「ちょっとぉ! やめてってばぁ」
「ほらほらっ! みてみてっ」
「もー! 勇心っ」
校庭では、生徒たちが賑やかに騒いでいる。
自分を囲むのは、久しぶりに会う友達。
「キャハハハッ!! 絶対やばいって、それぇ!」

始業式を迎える前、舞は勇心の姿を静かに眺めていた。
彼は、数人の女子と楽しそうにじゃれ合っている。
次第に、舞の目つきは鋭くなっていく。
ジィッと見ているのに、彼は全く気づかない。
わき上がる怒りを抑え、舞は彼から視線を外した。

２人の距離は縮まることもなく、何もかも夢だったのかと感じてしまう日々。
文化祭でも、やっぱり彼は…同じクラスの女子と仲良く騒いでいた。
そして体育祭、応援さえも堂々とできない自分に対し…３組の女子は大きな声で彼の名を呼んでいた。
電話をかけても、彼は学校にいるときとは全く別人で…あまり笑ってもくれない。
「…別れよっかな」
放課後、舞は教室の窓にもたれかかり…ポツリと呟いた。
「てか、付き合ってるん？　あんたら」
「別れたらいいやん、あんな男っ！　舞が可哀想やわ！」
「うん。最初は"ウジウジしてる舞が悪い"とか思ってたけど。…向こうも向こうじゃない？」
「他の女とイチャつきすぎやろっ」
舞の一言で、ずっと見守っていた由美たちも…一気に怒りを爆発させた。

目の前で、彼の悪口が飛び交っている。
…自分も同じ気持ちでいたはずなのに、舞はなぜか嫌な気持ちになった。
自分以外の人間には、悪く言われたくない。
由美たちは、自分のことを考えてくれているのに。
複雑な感情の中で、舞はもう彼への気持ちが見えなくなっていた。

積み木

「…１９８０円になります」
…賑わう店内。
舞は、しょんぼりとした顔で…財布からお金を出した。
見渡せば、同世代の女の子たちが楽しそうに笑いあっている。
舞は、スタスタと足早に店を出た。
手には、可愛くラッピングされたチョコレート。
チョコを作る友人の誘いを断り、夕方…市販のチョコを買いに来た。
…作る気になんかなれない。
胸の奥には、変な意地が生まれていた。
もう３カ月、電話をしていない。

廊下ですれ違っても、わざと視線を外して歩いた。
「…なんで買ってもうたんやろ」
道端で、袋を広げ…中を眺める。
その夜、舞は悩み続けた。
…渡そうか？
今更、渡しても…。
「もういいや。これ渡して、終わりにしよう」
悩み疲れた結果、せっかく買ったチョコを渡すことに決めた。
…付き合い始めた頃、渡すって約束もしたし。
もう…付き合ってないんかもしれへんけど。
横になり、目を閉じる。
…かすかに聞こえる秒針の音が、切なさを誘う。
「…何が悪かったんかな…」
皆とは、何が違うかったんやろ？
どうするべきやったんやろ…。

翌朝、舞は野球部の部室の前にいた。
「急にどないしたん？　どういう心の変化よ？」
大胆な行動に出る彼女に、夏子は驚く。
「…最後の勢い」
"朝練帰りに話しかけるから、ついてきてほしい"と、舞は夏子を引っ張りだした。

…やっぱり、ちょっとドキドキする。
舞は、深呼吸を繰り返し…緊張をほぐしていた。
「あっ、来たで」
グラウンドをのぞいていた夏子が、慌てながら駆け寄ってくる。
「バレンタインの日だけに…冷やかされるんちゃう？」
心配してくれる夏子に、舞は返事をしなかった。
ゾロゾロと部室に入っていく…野球部員。
彼らの視線を浴びながら、舞は凛とした表情で立ち尽くす。
そして、彼女は勇心の姿を見つけた。
「…えっ」
部員たちの視線の中、勇心は驚いた様子で口を開いた。
「今日…部活終わったら、公園に来て」
今までにない態度で、彼に声をかける。
もう…これで終わり。
こんな付き合いは、ズルズルしてても意味がない。
舞は、真っすぐ彼の顔を見つめた。

その夜、舞は公園で待っていた。
ベンチに腰かけ、ぼんやりと空を見上げる。
昨日買ったチョコを…手元に置いて。
半年以上続いた進歩のない付き合いに嫌気がさした彼女は、
今日…ケジメをつけると決めてきた。

すっかり暗くなり、辺りは静けさを増していく。
…ザッザッザッ。
突然、砂を踏む足音が近づいてくる。
「ごめんっ！　遅くなったっ！」
振り返ると、そこには制服姿の勇心が息を切らしていた。
「こっちこそ…ごめん」
舞は、気まずそうに彼から視線を背けた。
「…隣…いける？」
勇心は、舞の了解を得てから…隣に腰かける。
久しぶりに聞いた…彼の声。
舞は、胸が締めつけられるかのような息苦しさにおそわれる。
気づかれないように、舞は彼をチラッと見上げた。
そして、目を丸くする。
…彼のコメカミには、大粒の汗が流れていた。
「汗かいてるっ」
舞は、思わず声を出してしまった。
「ん？…あぁ、いけるよ」
彼は、手のひらで軽く汗を拭き取り…ニッコリと微笑んだ。
…真冬に汗をかく程、走ってきてくれたん？
…彼の荒い息は、舞の決意を揺るがし始める。
昼間は子供たちで賑わう公園も、夜は月の明かりに照らされた…寂しい空間。

２人の間には、気まずい空気が流れていた。
「…朝、びっくりした」
息を切らしていた彼も落ち着き始め、気まずさをもみ消すかのように声を出した。
「…ごめん。人に知られたくなかったのにな」
やっぱり迷惑なんや…。
舞は、トゲのある言い方で謝る。
「…そういうわけじゃないけど」
「じゃあ…どうゆう意味なん!?」
はっきりしない彼に、舞はムキになる。
勇心は、声を張り上げる彼女を見て…視線を落とした。
「もう…嫌われたんかなって…思ってたから」
頭を、ポリポリとかく腕で…顔を隠しながら、彼はささやいた。
舞は、意外な返事に耳を疑った。
「…電話かかってけぇへんなったし。嫌われたんやろなって。…かけようかな思ったけど、嫌われてたらって思ったら…怖かってん」
いつも賑やかな彼からは、想像もつかない程の…小さな声。
…そんなふうに思ってたん？
勇心の中に、自分はちゃんと存在してたんや。
舞は、手元に置いていた紙袋をギュッと握りしめた。
「…はいっ」

勇心の胸に、舞の両手が伸びる。
「えっ、あ…」
淡い水色の箱を手渡され、彼は戸惑いながらも…照れた表情でそれを受け取った。
「ごめん。…今年は、手作りじゃないねん」
勝手にこの恋を終わらせようとしていた自分が、後ろめたくなってくる。
「来年は、手作り…頑張るから」
やっぱり…好きでいたい。
もう、人と比べたり…せえへん。
つながっていたい。
再度…彼への気持ちを確信し、舞は顔を伏せたまま呟いた。
「今日…てっきり振られるんやろなって思ってたから。…ほんまにありがとう」
ぎこちなく、彼はうれしい気持ちを言葉にした。
舞は、胸が苦しくなった。
…好き。
勇心が…好きや。
冷たい風を浴びて、頬や耳は冷え切っている。
でも、胸の奥は…すごくあったかい。
2人の時間は、静かにゆっくりと過ぎていった。

そ ば に い た い

小学生のときは、6年間を‥長く感じてた。
…1年間って、こんなに早かった？
「マジで…？」
体育館裏で賑やかに騒ぐ生徒たちの中、舞はクラス分けを眺めながら…にんまりと微笑んだ。
「舞、教室行こう！」
純子が、背後から声をかけてくる。
2人は、仲良く3階に向かった。
口元は、うれしさを隠しきれず緩んだまま。
…3年8組。
舞たちは、今日から中学生最後の1年間を過ごす。
「てか、マジで良かったなぁ！」

教室の前で、純子は舞の耳元に…満面の笑みでささやいた。
またもや、ニンマリと笑みがこぼれ落ちる。
２人は、ニヤケながら教室に足を踏み入れた。
…神様って、ほんまにおるんかも。
真っ先に探した姿は、２年前と変わらず…教室のど真ん中に存在していた。
「…あかん。ほんまに…うれしい」
確かな姿を確認すると、胸の奥から熱い感情がわき上がってくる。
舞は、両手で口をふさいだ。
…夢じゃない。
あたし、あたし…今年は絶対ついてる！！
「受験生という自覚を持って…」
教壇に立ち、担任は厳しく生徒たちに話しかける。
でも、その声は舞の耳に入っていない。
…視界に入るのは、勇心の背中。
相変わらず‥落ち着きのない彼を、舞は愛おしく眺めている。
「じゃあ、学級委員を…」
長い前置きを終え、担任は本題に入る。
「はーいっ！　俺、立候補っ！」
担任の声に、覆いかぶさる彼の声。
…やっぱり変わってない。

机に身を乗り出す彼を見て、舞は小さく吹き出した。
「舞、帰ろっ」
放課後を迎え、純子が席に駆けつけてくる。
今年は、親友と…彼氏が同じクラス。
ほんまに…最高！
鞄を手にし、舞たちは教室を後にしようとした。
そのとき…
「ばいばいっ」
ドアぎわで、男子とジャレ合う勇心はすれ違いざまに声をかけてきた。
舞は、目を丸くして‥振り返った。
…勇心は、あたしに笑いかけている。
「ば…ばいばい！」
舞は、頬を赤らめ…笑顔を見せた。
…今年は…絶対ついてる！！

怖いくらいに、毎日は楽しく…幸せな時間へと変わっていった。
休日の夜には、互いに電話をかけあうようにもなった。
決して‥長くはないし、甘い台詞を交わすわけでもない。
でも、すごく幸せだった。
進路希望の欄には、彼と同じ高校を書き込んだりもした。
…秘密の付き合い。

あんなに嫌だったこの関係さえ、周囲を騙しているかのような感覚になり…今では楽しく過ごしている。
去年とは違って、夏休みも何度か一緒に過ごせた。
どこかに行ったりはしないが、共に過ごせるだけで…うれしかった。
文化祭に体育大会、１つ１つの行事が楽しい思い出を与えてくれる。

「うそ！？」
「秘密やでっ」
掃除の時間、舞は自転車置き場で騒ぎたてる。
純子は、口元に人差し指を立てて…シーッと息を吐く。
「…いつからよ？」
「文化祭の準備のとき、同じ班やったやん？…あん時からかな」
「マジで！？」
親友に好きな人ができるということに、舞は妙なうれしさを感じていた。
しかも、その相手が自分の彼氏の友人だと…絶対に上手くいってほしくなる。
…純子が好きになったのは、伸哉。
いつも勇心と２人で、クラスを盛り上げている男の子。

「これにしようよっ」
「えぇ、なんか難しそう。これはぁ？」
クリスマスを目前に、舞は純子の家でクリスマスケーキの相談をする。
去年…失恋した日から、純子には恋の話などなかった。
彼女は、このクリスマスに伸哉への告白を考えている。
「はかどってる？　ちょっとは休憩しぃや、２人とも」
突然、純子の母親が部屋に入ってくる。
２人は、急いで広げていた雑誌を隠した。
何も気づかない母親は、テキストブックの隣に…差し入れのケーキを並べた。
季節は冬、受験を控えた…寒い時期。
勉強は、それなりにしている。
でも最近は、受験よりもクリスマスが大切。
「焦ったぁ！」
「急に入ってくんなよなぁ！」
母親が階段を下りる足音を確認して、２人は再度雑誌を広げた。
…去年、クリスマスは友達と過ごした舞。
でも今年は、勇心と会う約束をしている。
クリスマスを楽しみにする彼女を見て、純子もまた…幸せになりたいと願っていた。

…クリスマスイブ当日。
「や、やっぱ無理っ！」
「何を今更っ。昨日ケーキ作ってるときは、あんなに意気込んでたくせに…」
終業式を終えた帰りぎわ、廊下で騒ぐ伸哉を見て…純子は後ずさりをする。
「早くせな、帰ってまうって！」
人のことになると積極的な舞は、ジタバタと暴れる純子を引きずり出す。
「ほらっ、ついていくから！」
舞は、彼女の腕をつかみ…伸哉のそばへ近寄った。
「…ん？」
勇心と２人で階段に向かう彼は、きょとんとして振り返る。
「あ…」
純子の顔は、みるみる真っ赤に染まっていく。
「なんなよ？」
口をパクパクと動かす彼女に、伸哉はしかめっ面で問いかける。
「あ、余ったからあげるわ」
パニクった結果、純子は平然と彼にケーキを差し出した。
「何これ？」
綺麗(きれい)にラッピングされた箱を、伸哉はジロジロと眺めている。

「…ケーキ」
うつむいたまま、純子はポツリと呟いた。
「なんや、お前…誰かに振られたん？」
そう言って、彼はクスクスと笑いだした。
「違うしっ」
急な展開に我慢ができず、舞は思わず声を出す。
「うん。失恋したから…もらって！」
舞の言葉に覆いかぶさる純子の声。
彼女は、その言葉を最後に走りだした。
「…えっ」
一瞬見せた‥純子の涙に、伸哉は慌てる。
「純子っ」
舞は、どうしたらいいのかわからず…彼女を追いかけた。
「なんで、あんなこと‥言うたん？」
体育館の裏で、純子はしゃがんでいる。
舞は、ちょこんと隣に座った。
「いっぱいいっぱいになって…」
両腕でヒザを包み…顔を伏せる彼女。
舞の問いかけに、純子は弱々しく答えた。
舞は、震えるヒザを眺め…ため息をついた。
考えていた告白の言葉は、欠片(かけら)さえ出すこともできなかった。
…でも、渡すことはできた。

線の向こう

「よぉ頑張ったやん」
舞は、2年前のバレンタインを思い出し…優しく声をかけた。
きっと…報われる日は来るよ、純子。

最後の笑顔

「岸田…いけたん? "振られた"って言うてたけど、泣いてたやん」
その日の夕方、いつもの公園で勇心が問いかける。
「あぁ…うん、いけると思う」
純子のためにも、本当のことは秘密にしておこう。
一瞬、打ち明けて‥協力してもらおうかとも思ったが、舞は真実を告げなかった。
「これっ」
話を切り替えるかのように、舞は手元にある箱を彼に手渡した。
「あ、これ…」
見覚えある箱に、彼はニンマリと微笑む。

「うん、純子と一緒に作ったねん」
舞は、ニカッと彼に笑いかける。
勇心は、うれしそうに…目の前でラッピングを外していく。
そして、ケーキに手を伸ばし…舞を見た。
「食っていい？」
「あっ、フォークとか…持ってきてないねんけど」
「手でいいよ」
いつの間にか、2人は恋人らしくなってきた。
ケーキをつぶさないように、素手でつかみ取り…ほおばる彼。
舞は、頬の力を緩ませた。
…今みたいな時間、去年じゃ考えられへんかった。
来年は‥もっと幸せな時間を過ごしている。
…そう信じたい。

「あのな、勇心って…いつから、その…」
タイミングを見計らい、舞はずっと聞きたかった質問を持ちかける。
「ん…？」
彼は、もじもじと赤面する舞を…きょとんとした顔で眺めている。
「その、いつから…好きになってくれたんかな…って」
こんなん自分で聞くことじゃないんやろうけど、やっぱり…気になってしまう。
舞は、彼の目を見られずにいた。
「…えっ…と」
急な質問に、勇心までも赤面する。
「あ、やっぱ…いいや」
舞は、恥ずかしくなり…手のひらをブンブン振った。
「…いつからやろ。1年のとき…宿泊訓練あったやん。あの…帰りのバスん中かな？　服、かけてくれたやろぉ。あんとき、ちょっと意識した…かな？…っていうか、わからん！　いつからとか、わからんっ」
彼は、照れながら…質問に答えていく。
伏せた横顔を見ると、耳までも真っ赤になっている。
彼の言葉に、舞は胸を熱くした。
街は、鮮やかにクリスマスを彩(いろど)っている。

飾りっ気も全くない…静かな公園で、2人の時間は密(ひそ)かに流れていく。

でも、幸せな時間は…簡単に壊れてしまう。
「…何これっ」
始業式を終え…教室に足を踏み入れた舞は、黒板を見て驚いた。
"葉山と日向…熱愛発覚"
まるで雑誌の記事のような文章が、黒板いっぱいに書かれている。
文字の下には、ベンチに腰かけた男の子と女の子が…キスをしている絵。
「チュッチュしまくってんやろぉ?」
教室の後ろでは、ケラケラと笑う男子たち。
「やめぃや! あんたらっ」
必死に黒板を消していると、純子が男子たちに怒鳴り返す。
「あっ、勇心きたぁ!!」
からかう男子の1人が、廊下をのぞき…ゲラゲラと笑いだす。
…嘘っ、やばいっ!
今にも泣き出しそうな思いで、舞は落書きを消す手を早めた。
「よっ! ご両人っ!!」

伸哉と一緒に教室に入った彼は、周囲の笑い声に包まれた。
「え？」
何が何だか意味がわからず、勇心はポカンと口を開けている。
「おいっ、あれっ…」
黒板を目にした伸哉が、彼の袖をつかみ…指をさす。
消し切れていない文字を目にし、彼の表情は凍りついた。
冷やかす声が、耳にまとわりつく。
勇心は、スタスタと黒板に向かい…舞の隣に並んだ。
「貸してっ」
「え…」
舞は、彼に力強く黒板消しを取り上げられた。
「…やっぱりデキてたんやぁ。仲良いなと思ってたんよ」
「熱い熱いっ」
「見せつけてくれますなぁ」
２人を冷やかす声は、胸の奥に不安を作っていく。
目の前では、歯を食いしばる彼の姿。
舞は、うつむいたまま…立ち尽くしていた。

『…ごめんね。まだ…帰ってきてないのよ』
彼の母親は、気まずそうに…ささやいた。
「…わかりました、また…かけます。…すみません」
そう言って、舞はそっと受話器を置いた。

また…居留守。
あの日から3週間、何度電話をかけても…彼は留守だった。
学校でも、彼はあたしを避けている。
話しかけても、冷たい返事が返される。
彼に近づくたび…周りは注目するので、仕方ないのかもしれない。
でも、こんなふうになるのは…きついよ。
舞は、電話を眺め…ため息をついた。

やっと恋人らしくなってきた頃に、付き合ってることが…周りにバレた。
でも、そんなことで避けたりするのは…酷(ひど)すぎる。
勇心の気持ちって、そんなもんなん?
「合格ぅ!」
「あたしも!!」
2月に入り、滑り止めの私立高校からの通知が家に届いた。
「はぁ、なんか‥気が楽になったぁ」
「あほう! 本命は、こっからやん!」
通知を握りしめる舞に、純子は人差し指を立てて忠告する。
…そう、純子が言う通り。
2人は、進路を好きな人と同じ高校に希望していた。
「でも、伸哉‥意外に頭良かったんやなぁ」
「うん、闇でな。点数とか良かったのは知ってたけど、フェ

イントやわぁ」
伸哉は、学区で上から２番目の高校を受験する。
純子は、同じ高校に通いたくて…毎日猛勉強をしている。
人は、見た目では判断できへんなぁ。
舞は、深々と伸哉に感心していた。
「…あたしのことより、あんたはどうすん？」
純子は、心配そうに舞を見上げる。
「あぁ。…振られたみたい」
…もう平気。
舞は、から元気で笑顔を見せた。
あれから、勇心とは距離が開き…目も合わさなくなった。

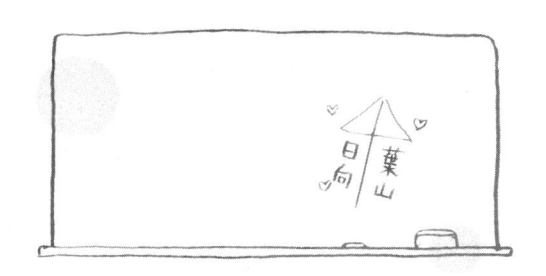

卒 業

…バレンタイン前日。

去年約束した通り、舞は手作りチョコを用意し…勇心の家に電話をかけた。

でも、彼はやっぱり居留守だった。

当日、無理やりでも渡そうとしたが…彼は舞を避けた態度を見せた。

涙を浮かべながら、舞は自分で飾ったラッピングを外していく。

…形の悪いチョコレートは、ほろ苦く口の中で溶けていった。

その日、舞は…彼への気持ちをあきらめる。

あっけなく、恋は終わりを迎えた。

こんなふうになるなんて…思ってもいなかった。
なんで、そこまで周りを気にするん？
あたしは、皆の前で仲良くしたいという気持ちを持っていたのに。
でも勇心は、皆にバレた瞬間…態度を変えて、あたしを避けた。
胸の奥で、彼の存在は"好き"から"嫌い"へと…急激に変化していった。

…卒業式。
桜は、まだすべて咲き乱れていない。
今日、舞たちは中学生最後の日を迎える。
３年前、あんなにもブカブカだった制服が…きつくさえ感じるようになった。
慌（あわ）ただしい日々の中で…きちんと成長していたということを、舞は改めて実感する。
この３年間は、人から見れば…平凡な生活だったかもしれない。
でも本当は、泣いたり笑ったり…忙しい毎日だった。
勇心と出会い、彼を好きになり、辛（つら）いこともあったけど…幸せなことも多かった。
後味は、決して…いいものではなかった。
でも、忘れたいとは思わない。

いまだに、自分の目は彼を追っている。
それに気づくたび、舞は行き場のない気持ちに悩んでいた。
この気持ちも、いつかはなくなってしまうのかな…。

「やっぱり泣いてるっ。"舞は泣くやろな"と思ってたねん」
「夏子かって…泣いてるやんかぁ」
式が終わると、夏子と純子は舞のそばに集まってきた。
知らん間に…流れていた涙。
舞につられ、2人も顔を赤らめ…涙を浮かべる。
「写真撮ろぉ！」
3人の元に、由美たちが走り寄ってくる。
カメラを手に、6人は無邪気に笑い合う。
「次、全員で撮りたいよなぁ」
そう言って、幸子は辺りをキョロキョロと見渡す。
すると、目の前を勇心と伸哉が通りかかった。
「あ、葉山ぁっ」
「撮って撮って」
"葉山は舞の彼氏"と思い込んだままの幸子たちは、彼に近づき…無理やりカメラを手渡した。
周囲に流されるまま、舞も彼にカメラを渡す。
レンズ越しに向けられる彼の目に、舞は息が苦しくなっていた。
笑顔を作ろうとしても、口元が震えて…笑えない。
舞は、目に涙をためた。
「…ありがと」
カメラを返す彼に、舞はうつむいたまま礼を言う。
用を済ませると、彼は再び伸哉のもとへ戻っていった。

…素っ気ない態度。

彼は、何もなかったかのような顔で去っていく。

「‥‥‥舞、最後やし…写真撮りに行こうよ」

賑やかな校内の隅で、純子は舞に声をかけた。

目の前では、たくさんの女子が勇心たちを囲んでいる。

…舞は考えた。

あたしの３年間は、勇心で…いっぱいやった。

「うん、撮りに行く」

何かを吹っ切ったかのように、舞はうなずいた。

２人は、賑やかに騒ぐ彼らに向かって歩き出す。

「伸哉、撮ろうよっ」

頬を赤らめ、恥ずかしそうに彼のもとに駆けつける純子。

純子たちを撮り終わると、舞はひと呼吸置いて…そばにいる勇心を見上げた。

「…一緒に撮って？」

…お願い。

最後やから、避けたり…せんといて。

舞は、ぎゅっとまぶたに力を込めて…声を張り上げた。

…息苦しい沈黙がのしかかり、周りの音など聞こえなくなる。

すると、その時…舞の手からカメラがスルッと抜き取られる。

舞は、目を見開き…彼を見た。

「岸田…撮って」
勇心は、舞のカメラを純子に差し出した。
「いくでっ」
純子は、うれしそうにカメラを構える。
舞は、今にも泣きだしそうな顔で…彼に寄り添った。
…ちっちゃかった勇心の肩が、顔の横にある。
勇心の成長は、舞の中でアルバムのように飾られてきた。
ずっと…勇心だけを見つめてきた。
「おい、見てみっ！　こいつら、やっぱりデキてんで！！」
シャッターが押される瞬間、背後から数人の男子が騒ぎだす。
２人は驚き…振り返った。
「もうえぇやんけ！　お前ら、うるさいって」
イライラした表情で、冷やかす男女に怒鳴る伸哉。
舞は、ふと顔を上げ…彼を見上げた。
そして、眉間にシワを寄せ…下を向く。
「…やっぱいいわ。ごめんな…」
ポツリと呟き、舞はその場から走りだした。
「…舞っ！？」
純子の慌てた声が、遠くなっていく。

「あんなん放っといて、撮ればよかったのにぃ！！…最後なんやで！？」

静かな校内に響く…純子の大きな声。
無我夢中で走り…たどり着いたのは、1年1組の教室の前だった。
「…嫌そうな顔してたから」
舞は、両足を地面につけて…泣き崩れた。
純子は、何も言わず…そばで黙ったまま。

―こうして、中学生活は終わってしまった。

"友達"から"恋人"になるとき、越えなきゃならない…一線。
彼とは、友達でいた方が…良かったのかもしれない。
でも‥恋人にならなければ、彼の素顔を…知ることはできなかった。

「…あんたの写真はどうなってる？」
「…いがんでる」
たくさん撮った写真の中で…勇心に撮ってもらった写真は、6枚全て…ゆがんで写されていた。
「何これ、嫌がらせ？…あたし写ってないやん」
不満げに、写真をにらむ幸子。
「…1番端の舞が、全部真ん中きてるやん」
それは、京子が何気なく呟いた言葉。
「ほんまやっ、あいつ…未練あったんちゃん？」
…冷やかす周囲。
舞は、もう1度…写真を手に取った。
「…ホンマや」
勇心は、レンズ越しで…あたしを見てくれていた？
「あたし、次は…もっといい恋したい」
彼と一緒の写真はないけど、代わりに…この写真がある。

たった1枚の写真を大事そうに握りしめ、舞は決意した。
「うん！　だって次は、花の女子高生やでっ」
「てか、舞と純子は女子校やん！」
明るい笑い声に、舞は包まれていた。

―舞と勇心は、この後‥再会を果たすことになる。
…その話は、またいつか。

あとがき

…勇気と自信。
これは、この小説に込めた…私からのメッセージです。

…勇気と自信。
過去を振り返れば、何もかもが青かった…あの頃が蘇(よみがえ)ってくる。

勇気はあるのに、自信がなかった。
…多分、皆さんも経験してますよね。

この『Line』という作品は、前作『天使がくれたもの』のサイドストーリーであり、私の中学生時代をもとに描いたものです。
タイトルの由来は、友達から恋人になるときに越える"一線"から。
この一線を越えたことに後悔したことも、たくさんありました。でも、越えたからこそ知ることができた…相手の素顔。
今の私は、彼に恋した事を"良かった"と思っています。

『天使がくれたもの』では、勇心は元彼として登場しています。
以前…ホームページでこの作品を公表したとき、読者の方たちは口を揃えて言いました。
「『Line』を読むと、勇心の印象が変わる」
「『天くれ』を読み返してみると、勇心の気持ちもわかるから…辛い」
…知らなければ、ただの"元彼"。でも過去の恋愛を知れば、また違う目で読める。
私は、勇心にあたる方との恋愛に…後悔はありません。だからこそ、皆さんに読んでもらいたかった。私と同じ目で、彼を見てほしかったのです。

最近、周りの人から…彼の現状を耳にしました。
「今、こうなってるよ」
それを聞いたとき、本当にうれしかった。もう会う事はないけれど、夢に向かって頑張ってるという事を知ると、応援してしまいます。

皆さんも、きっと…同じような経験をしたことありますよね？『Line』を読んで、昔を振り返ってもらえると…うれしいです。
何もかもが不器用で、後先ばかり考えて…勇気が出せなかった。ウジウジして、自分に自信がなかった。

『Line』を書いて…思ったのは、"こんな恋愛は、若いときしかできない"ということ。年を重ねるたびに、恋愛の仕方まで変わっていく。今…同じような恋を求めても、きっとできない。
…いい思い出です。

結果がどうあれ、前に進んだということに…後悔はありません。
貴方にも、勇気はあるんですよ。ただ、それを出す…自信がないだけ。

…勇気を出して。
…自信を持って。
あと…もう少し。
"自分を伝えること"を恐れないで、結果を見ずに…気持ちを大切にしてほしい。
前へ進むことに、間違いはないから。

最後に、読者の皆様をはじめ…書籍の制作にかかわってくださった皆様方、本当にありがとうございました。未熟者ですが、これからもよろしくお願いします。

2006.2.26
Chaco

Line
ライン

2006年2月26日　初版第1刷発行

著者　Chaco

©Chaco 2006

発行人　山下勝也
編集　倉持真理
装丁・挿画　長坂勇司
発行所　スターツ出版株式会社
〒103-0027　東京都中央区日本橋3-3-9　西川ビル4F
TEL　販売部03-6202-0386
　　　編集部03-6202-0393

印刷所　共同印刷株式会社
Printed in Japan

乱丁・落丁などの不良品はお取り替えいたします。定価はカバーに表示してあります。
ISBN4-88381-040-2　C0095